d

Hartmut Lange

Der Therapeut

Drei Novellen

Diogenes

Umschlagfoto:
›Blick vom Säulengang auf
den Friedensteich im Park Sanssouci‹
Copyright © Stiftung Preußische Schlösser
und Gärten Berlin Brandenburg
(Ausschnitt)
Fotograf: Hagen Immel

*Ich bedanke mich
für die Mitarbeit meiner Frau*

Inhalt

Der Hundekehlesee

Wernigerode ging leicht gebeugt. Seine hellblonden Haare waren schütter, so dass die Kopfhaut zu sehen war, und wenn er lächelte, entstand da eine Heiterkeit, der man sich nicht entziehen konnte. Er lebte mit einer Araberin zusammen, die, so wurde jedenfalls behauptet, kein Deutsch verstand. Niemand hätte sagen können, er habe sie gesehen, denn auch bei offiziellen Anlässen, zum Beispiel bei einer Emeritationsfeier, kam Wernigerode immer allein. Nur einmal, niemand hatte Notiz davon genommen, war er aus einem blauen Peugeot, der hundert Meter entfernt von dem Institutsgebäude parkte, ausgestiegen, und bevor er den Eingang betrat, schien er einer Frau, die am Steuer saß, nochmals zuzuwinken. Aber ob dieser Gruß erwidert wurde, war, da sich der Wagen rasch in Bewegung setzte, nicht mit Sicherheit auszumachen.

Das Institut, in dem Wernigerode arbeitete, war in einer geräumigen Villa untergebracht. Die Verwaltungsgebäude befanden sich einen halben Kilometer weiter in Richtung Westen. Überhaupt war die Universität auf einer weitläufigen, parkähnlichen Fläche verteilt, und man war, um zu den Lehrveranstaltungen zu kommen, wie ein Spaziergänger unterwegs. Rechts von der U-Bahn, die den Campus mit ihren Gleisen durchschnitt, lagen die Räumlichkeiten, in denen man die Philosophische Fakultät untergebracht hatte, links der neue Hörsaal, eine Konstruktion aus Glas und Beton, in dem Wernigerode zwei- oder dreimal in der Woche seine Vorlesungen hielt.

Diesmal beschäftigte er sich mit dem Problem der einfachen Wahrnehmung, sprach darüber, dass nur die Kunst in der Lage sei, Natur und Idee miteinander zu versöhnen. Er erwähnte die Literatur über die Berliner Seenlandschaft, wies darauf hin, dass Gerhart Hauptmann den Müggelsee, Georg Heym die Havel, Fontane den Rummelsburger See nahezu berühmt gemacht hätten, und er verstand es, auch von sich zu reden, das heißt: Er beschrieb ein versteckt gelegenes, unscheinbares Gewässer, das er selbst, wenn er im Grunewald spazieren ging, immer gern aufsuchen würde. Es war der Hundekehlesee. Niemand hätte ihn gemalt oder beschrieben, er sei keine tausend Quadratmeter groß, das westliche Ufer sei von kniehohem Erlengestrüpp umstanden, das südliche Ufer von mehreren Gebäuden einer Polizeistation, deren Zaun einige Meter weit ins Wasser hineinragte, und nach Osten zu, dort, wo die Böschung steil anstieg und wo man das Ufer zubetoniert hatte, standen einige Villen.

Darüber sprach Wernigerode und mit einer Ausführlichkeit, die verriet, wie sehr es ihm gefiel, sich von einer noch unentdeckten Gegend fesseln zu lassen. Immer wieder nahm er seine Brille ab, war sichtlich stolz darauf, dass es ihm gelang, seine Zuhörer nicht zu langweilen, und irgendwann, es geschah leise und als wäre es weit weg, hörte man ein Handy klingeln. Wernigerode bückte sich, griff in die Aktentasche, die er gegen das Pult gelehnt hatte, aber anstatt das Handy, nachdem er es herausgenommen hatte, abzuschalten, drehte er den Studenten den Rücken zu und begann mit unterdrückter Stimme zu reden, und so viel war, obwohl man nichts verstehen konnte, auszumachen: Er schien besorgt zu sein, schien immer wieder etwas zu fragen. Dies dauerte gute zehn Sekunden, dann, endlich, schaltete er das Handy ab und setzte seinen Vortrag, als wäre nichts geschehen, fort.

Zur selben Zeit stand der blaue Peugeot in der Nähe des Hundekehlesees. Eine Frau saß am Steuer und schien auf jemanden zu warten, vielmehr:

Da der Wagen zur Hälfte die Straße, die auf den See zuführte, versperrte, hatte man den Eindruck, da wäre jemand für einen Augenblick ausgestiegen. Die Beifahrertür war offen, und die Frau sah in Richtung See, der sich aber, da die Straße, die dorthin führte, eine Biegung machte, ihren Blicken entzog. Sie trug das Haar streng gescheitelt und im Nacken zu einem Knoten gebunden. Es war die Araberin, die, als Wernigerode das Institutsgebäude betrat, seinen Gruß nicht erwidert hatte. Der Motor wurde abgeschaltet, die Frau schloss die Augen, und über dem See, der in unmittelbarer Nähe lag, ging ein leichter Wind, der die Oberfläche des Wassers kräuselte. Er fuhr hierhin und dorthin, verlor sich im Schilf, um sofort wieder auf die Mitte des Sees auszuweichen, und da es zu dämmern begann, lösten sich die Konturen der Bäume auf.

2

Mitte August begann es am Hundekehlesee zu regnen, zweitausend Kilometer weiter südlich aber, an der nordafrikanischen Küste, genauer auf einem Hügel in unmittelbarer Nähe zum Meer, schien die Sonne. Es war heiß, der Brunnen an der Straßenecke war ohne Wasser, und die Palmen, die in der Gegend aufragten, waren weiß vor Staub. In dem einstöckigen Haus, das weitläufig von einem schmiedeeisernen Zaun umgeben war, brannte Licht, und wenn man näher an das Fenster, das in Brusthöhe angebracht war, herangetreten wäre, hätte man erkennen können, dass da offensichtlich eine Familie in der Enge eines Zimmers versammelt war. Und saß da nicht am linken Ende des Tisches jene, die man vor kurzem noch am Steuer des blauen Peugeots gesehen hatte?

Wenn es wahr war, dass Wernigerode mit einer Araberin zusammenlebte, dann wäre es nur selbstverständlich, dass diese hin und wieder zu ihren Verwandten an die nordafrikanische Küste fuhr.

Sie hatte drei Brüder, die hinter ihr standen und gegen die Eltern, die in der Mitte eines kahlen Raumes Platz genommen hatten, zu gestikulieren schienen. Am rechten Ende des Tisches saß eine alte Frau, die die Brüder, wenn sie zu laut und aufdringlich wurden, mit energischen Gesten zurechtwies. Es wurde offenbar gestritten, und offenbar hatte es mit der jungen Frau zu tun, die das Haar jetzt nicht mehr streng gescheitelt und im Nacken zu einem Knoten gebunden, sondern offen trug, so dass es ihr über die Schultern fiel. Sie war blass, die Falten um die Mundwinkel waren tiefer als sonst, die Augen waren starr, so dass ihr Gesicht, obwohl sie hübsch war, etwas Geierhaftes bekam.

Nach anderthalb Stunden erhob sich der Vater, ging zum Fenster, dabei stützte er sich auf einen Stock. Niemand half ihm, obwohl alle sahen, dass er Mühe hatte, die Vorhänge, die sich an der Eisenstange verhakt hatten, zu lösen. Ein paarmal ging er, nachdem er sie endlich zugezogen hatte, vor den Vorhängen hin und her. Dann war auch das vorbei, und gegen elf Uhr abends erlosch das Licht und ohne dass man hätte sagen können, ob sonst in dem Haus ein anderes Zimmer erleuchtet gewesen wäre.

Und Wernigerode? Er saß in seiner Berliner Wohnung und studierte Fachzeitschriften. Die Wohnung war geräumig, beinahe zweihundert Quadratmeter groß. Überall gab es Kübelpflanzen, vor der Balkontür stand ein Klavier. Der Schreibtisch war überladen, am Fuß der Lampe lehnten einige Fotos. Man sah ein älteres Ehepaar, offenbar Wernigerodes Eltern, in einem herbstlichen Garten, daneben Wernigerode selbst, wie er von einem Fahrrad aus im Vorüberfahren den Arm hob und grüßte, und wieder daneben ein zweites Foto mit dem einstöckigen Haus unter den Palmen, auf dem aber keine Personen zu sehen waren. Gab es ein Foto von der Araberin? Nein. Aber wer Gelegenheit gehabt hätte, das zweite Foto umzudrehen, der hätte eine Notiz lesen können: »Das importierte Glück« stand da, und es war offensichtlich dieselbe Handschrift, mit der Wernigerode jetzt die Zeitschrift, in der er blätterte, mit Bemerkungen versah.

3

Drei Tage später fuhr Wernigerode zum Flughafen, und er wunderte sich, dass nicht die, auf die er wartete, sondern deren jüngster Bruder vor der Drehtür, hinter der sich die Passagiere drängelten, auftauchte. Er trug eine schwarze Lederjacke, dazu Jeans, und Wernigerode hatte kaum Zeit, ihn zu begrüßen, so rasch war jener an ihm vorbei, geradewegs durch den Ausgang und über die Straße auf den mit Autos vollgestellten Parkplatz zu, als würde er sich bestens auskennen. Dabei sah Wernigerode, dass er kein Gepäck bei sich trug.

»Alima lässt dich grüßen«, sagte der Araber, nachdem er den blauen Peugeot entdeckt hatte, der neben einer Betonwand wie eingeklemmt wirkte.

Sie stiegen ein, und als sie auf der Stadtautobahn waren, wollte Wernigerode wissen, warum die Schwester so plötzlich abgereist sei und vor allem: »Warum ist sie jetzt nicht mitgekommen?«, fragte er.

Er bekam keine Antwort, und kaum hatten sie Wernigerodes Wohnung betreten, ging der Araber mit prüfenden Blicken durch alle Räume. Im Zimmer seiner Schwester griff er nach der Gebetskette, die an der Wand hing, und schob sie, als wäre es die selbstverständlichste Sache von der Welt, in die Hosentasche. Wernigerode sagte zu alledem nichts, nahm sich aber vor, den jungen Mann, sowie sich eine Gelegenheit bieten würde, zur Rede zu stellen. Wenig später saßen sie sich im Arbeitszimmer gegenüber, und ehe Wernigerode dazu kam, die Gebetskette zurückzufordern, erhob sich der Araber und fragte:

»Und wo ist der See?«

»Was für ein See!«, antwortete Wernigerode und erhob sich ebenfalls.

Es gab einen kurzen Wortwechsel. Der Araber erklärte, dass er keine Umstände machen wolle, aber das Gewässer, von dem seine Schwester immer wieder gesprochen habe, unbedingt sehen müsse. Hartnäckig bestand er auf seinem Wunsch, und irgendwann saßen die beiden, obwohl es dunkel war, wieder in dem blauen Peugeot und fuhren drei, vier Kilometer in Richtung Westen, und auf der Höhe des großen Forsthauses verließen sie die Koenigsallee, bogen nach rechts ab, eben dorthin, wo nach dreihundert Metern der Hundekehlesee begann. Wernigerode fuhr direkt bis zum Zaun der Polizeistation, und nun sah man, wie der Araber die Wagentür öffnete und wie er im Licht der aufgeblendeten Scheinwerfer zum Ufer ging und wie er sich zu orientieren versuchte. Als Wernigerode die Scheinwerfer abschaltete, war er für Augenblicke verschwunden, tauchte aber, sobald man sich an die Dunkelheit gewöhnt hatte, weiter links, dort, wo das Erlengestrüpp begann und wo er sich, um am Ufer zu bleiben, bücken musste, wieder auf. Und immer sah er auf den See hinaus, dessen Wasseroberfläche von den gegenüberliegenden Villen ein schwaches Licht erhielt. Man hörte das Rattern der S-Bahn, die in regelmäßigen Abständen vorbeifuhr.

»Sehr schön«, sagte der Araber, als er zurückkam. »Wirklich sehr schön«, wiederholte er. »Und alles sehr abgelegen.«

Mehr wurde zwischen den beiden nicht gesprochen. Die Nacht verbrachte der junge Mann in Wernigerodes Wohnung, bestand aber darauf, ohne Bettzeug auf dem Sofa zu schlafen, und als Wernigerode am nächsten Morgen, er hatte das Frühstück in der Küche bereitgestellt, als er, um ihn zu wecken, gegen die Zimmertür klopfte, hatte jener die Wohnung bereits verlassen.

Am Abend desselben Tages war Wernigerode

beim Dekan zum Essen eingeladen. Man versammelte sich vor einer großen Flügeltür, die schließlich geöffnet wurde. Die Gäste wurden in ein Nebenzimmer ans Buffet gebeten, man griff zu Teller und Besteck, ließ sich die Gläser vollfüllen, um anschließend an einem der kleinen Tische Platz zu nehmen, oder man stand einfach in der Nähe der Fenster, um die unterbrochenen Gespräche fortzusetzen, und irgendwann trat der Dekan zu Wernigerode und fragte:

»Warum haben Sie Ihre Frau nicht mitgebracht? Ich höre eben, sie ist aus Monastir. Ja, warum haben wir sie nie gesehen. Ich kenne Monastir!« Und nun begann er von dieser Stadt zu schwärmen, versicherte, dass hier die ältesten islamischen Bauwerke zu besichtigen seien. »Man sieht auch woanders einiges«, versicherte der Dekan, »aber hier, im antiken Ruspina, wurde alles vollständig restauriert.«

Wernigerode hörte ihm zu, hörte, wie jener, als sei er tatsächlich bestens im Bilde, nicht nur die Sehenswürdigkeiten der Innenstadt, sondern auch die riesigen Palmen und Gärten in den Vororten unmittelbar am Meer beschrieb.

»Ja, Sie kennen sich in der Gegend bestens aus«, sagte er. »Und genau dort ist meine Frau zu Hause«, fügte er lächelnd hinzu und trank das Glas Wein, das er in der Hand hielt, in wenigen Zügen leer.

4

Wernigerode bedauerte, dass in letzter Zeit Umstände eingetreten waren, die ihn irritierten. Nicht dass die Araberin, mit der er bisher zusammengelebt hatte, kein Deutsch verstand und nie auf die Idee gekommen war, einen Kurs zu besuchen. Dafür sprach Wernigerode leidlich Englisch, so dass man sich verständigen konnte, und sie hatten sich in der Berliner Wohnung eingerichtet. An den Wänden ihres Zimmers hingen Fächer aus Seide und Papier, der Balkon quoll über von Blumen, die Kübel mit den Zimmerpflanzen wurden ständig hierhin und dorthin gerückt, und im Sommer, auch wenn es kühl war und regnete, waren die Fenster geöffnet, so dass man bis auf den Bürgersteig hinaus das Klavierspiel hören konnte. Aber es war nicht sie, die Araberin, die irgendetwas von Schubert spielte, es war Wernigerode, der auf dem altmodischen Drehhocker saß und immer wieder, bevor er die Partitur umblätterte, zu ihr hinübersah.

Jetzt war das Sofa leer, das Klavier mit Büchern vollgestellt, und Wernigerode versuchte herauszufinden, ob er ihr mit dem ständigen Klavierspiel nicht etwas zugemutet hatte, und ob ihre Anwesenheit hier über die letzten Monate hinweg nicht überhaupt ein höfliches Abwarten genannt werden musste. Anfangs hatten sie, wie jedes verliebte Paar, die Welt, besonders, wenn sie in dieser Wohnung waren, einfach vergessen.

›Aber dann‹, dachte Wernigerode, ›begann sie sich in dem Sofa so merkwürdig aufzurichten. Überhaupt hatte sie, aus welchen Gründen auch immer, die Angewohnheit, auf der äußersten Kante zu sitzen, als wäre sie jederzeit bereit, sich zu erheben. Und jetzt ist sie bei ihren Brüdern. Aber ich kann verlangen, dass sie mich wenigstens anruft. Sie war doch sonst für jede Überraschung gut‹, dachte er und meinte damit vor allem die Umstände, unter denen sie sich kennengelernt hatten.

Es war im Grunde nichts weiter, als dass Wernigerode, der auf einer Insel im Mittelmeer Urlaub machen wollte, dass er auf der Überfahrt mit dem Schiff ständig eine Frau im Blick gehabt hatte und dass man sich beim Drängeln auf der Brücke, als sie das Schiff verließen, wie zufällig berührte, und dass sie irgendwann in demselben Café saßen und miteinander ins Gespräch gekommen waren.

›Und ein halbes Jahr später‹, dachte er, ›wir hatten uns längst aus den Augen verloren, hatten nur zwei- oder dreimal miteinander telefoniert, stand sie plötzlich vor der Tür.‹

In den folgenden Nächten schlief Wernigerode schlecht, und wenn er seine Vorlesungen hielt, konnte es vorkommen, dass er darauf achtete, ob sich die Tür im Hintergrund des Hörsaals öffnete und wieder schloss und ob ein Schatten zur vorletzten Reihe glitt, um, als wollte er ungesehen bleiben, hinter dem Rücken einiger Studenten zu verschwinden. Dies passierte ihm einmal und noch einmal, er war sich durchaus bewusst, wie abwegig es war, darüber zu mutmaßen, ob es eine harmlose Studentin oder ob es nicht doch die Araberin war, die dort hinten für einige Sekunden auftauchte. Irgendwann, um die Sache nicht ins Lächerliche ausufern zu lassen und da es ihm nicht gelang, seine Unruhe zu unterdrücken, fasste er den Entschluss, an die nordafrikanische Küste zu fliegen.

Wer im Internet die Stadt Monastir anwählt, der sieht zunächst einen Strand mit einer höher gelegenen Promenadenstraße und dahinter ein langgestrecktes, burgähnliches Gebäude mit einem Turm. Die Promenadenstraße ist von einer stelenartigen Mauer abgesichert, und weiter nach rechts zu, dort, wo der Strand nach Westen verläuft, stehen weiße, mehrstöckige, hässlich anmutende Apartmenthotels. Hinter dem burgähnlichen Gebäude erkennt man ein Gräberfeld, dahinter zwei Türme einer Moschee, dahinter den Kongresspalast und wieder dahinter den Busbahnhof, und hier beginnt die Anonymität der Stadt. Man sieht hastig errichtete Neubauten im arabesken Stil. Über die Straßen sind Schnüre gespannt, an denen Fähnchen flattern. Überall Geschäfte mit Markisen, und in der stilleren Gegend der Medina gibt es noch enge Gassen, in denen Holz- oder Plastikstühle stehen und wo Frauen, wenn sie vom Markt kommen, mit ihren übervollen Einkaufsnetzen ausruhen. Dies und einiges mehr konnte man, wenn man Geduld hatte, aus dem Internet erfahren.

Wo aber war nun der bessere, in unmittelbarer Nähe zum Meer gelegene Stadtteil, in dem es einstöckige Häuser und einen Brunnen an der Straßenecke gab und wo die Palmen, die in den Gärten aufragten, weiß vor Staub waren! Und wo war das Haus mit dem schmiedeeisernen Zaun, in dem die Gardinen vor den Fenstern meist zugezogen waren! Darüber bekam Wernigerode keine Auskunft.

Er beschloss, trotzdem zu fliegen, nahm sich, nachdem er in Tunis gelandet war, erst einmal ein Zimmer, und nachdem er den Stadtplan und das Telefonbuch von Monastir studiert hatte, nachdem er glaubte, den Namen und die Adresse von Alimas Eltern herausgefunden zu haben, schickte er ein Telegramm, rechnete aber damit, dass man versuchen würde, seine Ankunft zu ignorieren. Vor Sonnenuntergang noch ließ er sich mit einem Taxi zur Küste und darüber hinaus bis in die Vororte von Monastir fahren, und er war überrascht, als er die drei Söhne der Familie an dem schmiedeeisernen Zaun stehen sah.

›Sie werden doch nicht auf mich gewartet haben‹, dachte Wernigerode, bezahlte den Chauffeur und stieg aus.

Der jüngste der Söhne kam ihm entgegen. Er gab ihm die Hand. Keine zwei Minuten später waren alle in dem Haus unter den Palmen verschwunden, und nun können wir lediglich mutmaßen, was hinter den Fenstern mit den zugezogenen Vorhängen geschah, und ob das angelehnte Fenster im ersten Stock zum Zimmer der Tochter gehörte. Nachdem es dunkel geworden war, brannte dort Licht, und vielleicht hatte sich Wernigerode Zutritt verschafft. Oder hatte sich die Familie, es waren die drei Söhne, die Mutter, der Vater, die Mutter des Vaters, in dem engen Zimmer versammelt, wo man sich weigerte, mit Wernigerode, obwohl er es verlangte, über dessen Probleme zu reden? Am wahrscheinlichsten war, dass Wernigerode von dem Vater, der letzten Endes alles entschied, allein empfangen wurde und dass dieser ihm erklärte, man wisse nicht, wo die Tochter sei, man wisse lediglich, dass die Dinge so, wie sie sich entwickelt hätten, nicht akzeptiert werden könnten.

Irgendwann wurde die Balkontür geöffnet, vielleicht um, weil es im Haus stickig geworden war, frische Luft hereinzulassen. Vom Meer her hatte sich der Wind verstärkt, so dass die Kronen der Palmen durcheinandergewirbelt wurden. Aber der Himmel war, wohin man auch sah, wolkenlos, und die Sterne, da es tagsüber heiß gewesen war, waren in einem ununterbrochenen Flimmern kaum zu fixieren. Zwei Stunden später wartete wieder ein Taxi vor dem schmiedeeisernen Zaun, und als es endlich losfuhr, konnte man nicht sagen, ob es leer geblieben oder ob Wernigerode nicht doch noch, sozusagen im letzten Augenblick, eingestiegen war. Langsam fuhr es die Straße bis zur Kreuzung am Brunnen entlang, und bevor es nach links, in Richtung Innenstadt abbog, blieb es noch einmal stehen.

5

Am Hundekehlesee hatte sich einiges verändert. Die Bäume begannen ihr Laub zu verlieren, das Schilf in der Nähe des Zauns war vertrocknet, und das Rattern der S-Bahn hatte sich verstärkt, da das Stück Wald, das die Gleise vom See trennte, durchlässiger geworden war. Die Oberfläche des Wassers wirkte ruhig und glanzlos und als hätte sie in der Kahlheit, die ringsherum herrschte, an Fläche eingebüßt. Und fehlte da nicht der Kahn, der neben einem Steg auf Grund gelaufen war und, halb mit Wasser gefüllt, zu faulen begonnen hatte? Hatte man ihn, der einen verwahrlosten Anblick bot, endlich an Land gezogen und weggeschafft? Oder hatte man ihn repariert und gesäubert, und war er dort draußen in der Nähe einer Villa zu sehen?

In der Dämmerung, die einsetzte, wirkte alles schemenhaft, und doch glaubte Wernigerode zu erkennen, dass jemand keine zwanzig Meter vom gegenüberliegenden Ufer entfernt mit ebenjenem

Kahn, der vor kurzem noch am Steg gelegen hatte, unterwegs war. Er hielt eine lange Stange in der Hand, mit der er auf dem Grund des Sees herumzustochern schien.

›Und wenn es so ist‹, dachte Wernigerode, ›muss der See ziemlich flach sein.‹

In seine Wohnung zurückgekehrt, räumte er die Bücher vom Klavier, schob die Kübelpflanzen auf den Balkon, jetzt wirkte die Wohnung kahl, denn auch im Zimmer der Araberin hingen die Fächer aus Seide und Papier nicht mehr an den Wänden. Die meisten Möbel, darunter den Sekretär, den Spiegel, die kleinen Sessel, hatte Wernigerode in eine Ecke gestellt, und auch das Foto mit dem einstöckigen Haus unter den Palmen lehnte nicht mehr am Fuß der Tischlampe.

Hatte sich damit etwas erledigt? Kaum. Sicher, es war denkbar, dass Wernigerode, nachdem er aus Monastir zurückgekehrt war, vorhatte, die Sache mit der Araberin auf abschließende Weise zu regeln. Aber er scheute sich, die Dinge, die ihr gehörten und mit denen sie sich in dieser Wohnung eingerichtet hatte, ohne ihr Einverständnis zu entfernen.

Und schließlich war da noch etwas, das ihn beschäftigte: Er hatte beim Abbürsten des Sofas und nachdem er die Decke, die darauf lag, zurechtgerückt hatte, ein buntes Stück Papier entdeckt, das in den Spalt zwischen Lehne und Polster gerutscht war. Er hatte es im Bücherbord abgelegt, und als er wieder danach griff, sah er, dass hier jemand aus einem Berliner Stadtplan ein Viereck herausgeschnitten und mit einem Pfeil versehen hatte. Er drehte das Stück Papier in den Händen hin und her, konnte sich nicht erinnern, dass er jemals zur Schere gegriffen hatte, um in einem Stadtplan herumzuschneiden.

›Aber der Araber hat auf dem Sofa übernachtet, und es könnte ihm aus der Hosentasche gerutscht sein‹, dachte Wernigerode und versuchte herauszufinden, welche Gegend auf dem Stück Papier eingezeichnet war. Da war eine grüne Fläche zu sehen, die von quadratisch angelegten Forstwegen durchschnitten war. Links erkannte man einen Bahndamm, daneben die Avus, und der Pfeil zeigte über den Rand hinaus in Richtung Nordosten.

›Es ist der Grunewald. Was man nicht alles findet‹, dachte Wernigerode.

Und nun sah er den schmächtigen, überaus nervösen jungen Mann wieder vor sich, der, kaum dass er in Berlin angekommen war, den Hundekehlesee hatte sehen wollen. Und wie eifrig und angestrengt er an dem Ufer, und dies bei völliger Dunkelheit, hin- und hergegangen war. Und mit welch frechem

Lächeln er die Ruhe und Abgeschiedenheit gelobt hatte!

In seiner nächsten Vorlesung sprach Wernigerode nochmals über das Problem der einfachen Wahrnehmung, und er erwähnte seine Beobachtung an dem Kahn, der jahrelang halbverfault im Wasser gelegen und den er plötzlich auf dem See, als hätte ihn jemand dorthin gerudert, wiederentdeckt habe.

»Aber, wer weiß: Vielleicht war es eine Einbildung«, sagte er und wies darauf hin, wie mühevoll, aber notwendig es sei, der einfachen Wahrnehmung jede Form der Täuschung auszutreiben. »Wir können nicht alles, was wahr ist, wirklich sehen«, fügte er hinzu, »und nicht alles, was wir gesehen haben, können wir der Wahrheit zurechnen.«

Was er damit meinte, führte er nochmals aus, und als Wernigerode den Hörsaal verließ, winkte ihm jemand vom Fenster aus zu. Es war der Dekan, der dort zu telefonieren schien, und da er bester Laune war und Wernigerode offenbar freundlich begegnen wollte, zeigte er mit der linken Hand auf das Handy, das er am Ohr hatte, und sagte:

»Sie sehen, ich bekomme keinen Anschluss! Und passen Sie, um Gottes willen, auf Ihre Schöne aus dem Morgenland auf!«

Sie begrüßten einander, tauschten ein paar Freundlichkeiten aus.

»Ich wollte mich nochmals für die Einladung bedanken«, sagte Wernigerode. »Und vor allem hat es mich überrascht, wie gut Sie sich in Monastir auskennen. Im Grunde keine angenehme Gegend«, fügte er hinzu.

»Wie können Sie so etwas sagen. Immerhin ist Ihre Frau dort zu Hause.«

»Es ist nicht meine Frau.«

»So«, antwortete der Dekan und zog die Augenbrauen hoch.

Wernigerode war versucht zu erklären, dass er sehr wohl vorgehabt hätte, die Araberin zu heiraten, dass es aber, aus welchen Gründen auch immer, nicht dazu gekommen sei.

»Es gab gewisse Schwierigkeiten«, sagte er, »die ich Ihnen«, und nun trat er einen Schritt näher an den anderen heran, als wünschte er, dies möge vertraulich bleiben, »die ich Ihnen nicht näher erklären muss.«

»Verstehe«, sagte der Dekan. »Man weiß nur allzu gut, wie man in islamischen Familien mit eigenwilligen Töchtern umgeht. Man hört da einiges. Aber dies wird doch Ihr Problem nicht sein.«

Wernigerode lächelte, ging weiter, tat, als hätte er die letzte Bemerkung überhört, schließlich war der Dekan bekannt dafür, dass er sich oft bis zur Anzüglichkeit im Ton vergriff, aber dann, er hatte das Manuskript in die Aktentasche geschoben, war durch den Eingang auf den mit Platten belegten Weg, der über den Campus führte, getreten, dann wurde ihm unwiderruflich klar: Er hatte die Araberin, die »Schöne aus dem Morgenland«, wie sich der Dekan auszudrücken beliebte, seit sie Hals über Kopf und in aller Heimlichkeit die Wohnung verlassen hatte, ›das war vor gut zwölf Wochen‹, dachte Wernigerode, nie wieder zu Gesicht bekommen! Er grübelte darüber nach, ob sein plötzliches Auftauchen im Haus unter den Palmen nicht ein Fehler gewesen war und ob er, weil die Familie es verweigerte, darauf hätte bestehen müssen, mit Alima wenigstens ein paar Worte zu wechseln.

›Ich war voller Misstrauen‹, dachte Wernigerode, ›und doch zu feige, darauf zu achten, was hinter den zugezogenen Vorhängen geschah.‹

Andererseits waren da, obwohl der Vater sich bereit erklärt hatte, mit ihm zu reden, vom Hintergrund her immer diese Schatten, die sich hierhin und dorthin bewegten und von denen er nie hätte sagen können, ob es die Mutter, die Großmutter oder ob es einer der Brüder war.

›Und je länger dies dauerte‹, dachte Wernigerode, ›desto dringender war mein Wunsch, mich, auch im Interesse der Tochter, derentwegen ich gekommen war, wieder zu verabschieden.‹

Und wie hatte er sich mit dem Vater, der kein Englisch sprach, überhaupt verständigt? Vor einer halben Stunde noch hatte Wernigerode davon gesprochen, wie notwendig es sei, der einfachen Wahrnehmung jede Form der Täuschung auszutreiben, jetzt musste er sich eingestehen, dass es ihm nicht gelang, alles, was ihm auf seiner Reise an die nordafrikanische Küste begegnet war, auf nachvollziehbare Weise einzuordnen.

6

Irgendwann beschloss Wernigerode, die Sache auf sich beruhen zu lassen, und es war ja nicht so, dass sein Verhältnis mit der Araberin alternativlos gewesen wäre. Im Gegenteil: Mit jener hatte er lediglich zwei Jahre zusammengelebt, mit Judith Kaufmann aber, die immer noch Assistentin am Institut für osteuropäische Geschichte war, mit ihr hatte er fünf Jahre lang eine enge Zweieinhalb-Zimmer-Wohnung geteilt.

›Warum haben wir uns eigentlich getrennt?‹, dachte Wernigerode und war erleichtert, als er, kaum dass er zum Telefonhörer gegriffen und die Nummer, die im Notizbuch durchgestrichen war, gewählt hatte, als er die sanfte und, wie er fand, überaus vertraute Stimme hörte.

Judith Kaufmann war eine unkomplizierte, zur äußersten Sachlichkeit neigende Frau, und sie ließ sich nicht lange bitten. Sie lachte, als Wernigerode sagte: »Ich weiß, ich habe dir viel zugemutet. Aber wollen wir nicht wieder zusammenziehen?«

Sie erklärte, dass sie die nächste Woche über nicht in Berlin sein werde, aber am Sonntag darauf sah Wernigerode, wie sie, so wie es verabredet war, mit ihrem Wagen vor der Haustür hielt. Sie hatte alles, was nötig war, um bei ihm zu übernachten, in einer Tragetasche untergebracht, das Bettzeug hielt sie unter den Arm geklemmt.

Sicher, sie zögerte, als sie die zwei Treppen bis zu Wernigerodes Wohnung hinaufging. Er kam ihr entgegen, machte keinen Versuch, ihr die Tragetasche oder wenigstens das Bettzeug abzunehmen. Ein verlegenes Lächeln, und als wäre es die selbstverständlichste Sache der Welt, führte er Judith Kaufmann über den Korridor hinweg bis zu jenem Zimmer, wo die Fächer aus Seide und Papier nicht mehr an den Wänden hingen und wo die wenigen Möbel, es waren der Sekretär, der Spiegel, die kleinen Sessel, immer noch in einer Ecke übereinandergestapelt waren. Nachdem Wernigerode ein Fenster geöffnet hatte, um frische Luft hereinzulassen, wartete er darauf, dass Judith Kaufmann ins Zimmer treten und die Tragetasche und das Bettzeug ablegen würde, aber sie blieb auf der Schwelle stehen.

»Komm herein«, sagte er.

Sie rührte sich nicht. Und auch als Wernigerode die Möbel auseinanderzurücken begann, den Sekretär stellte er an die Wand, die vom Fenster her

36

Licht erhielt, den Spiegel ließ er stehen, aber die Sessel schob er in die Mitte, um dem Zimmer etwas Gemütliches zu geben, als er sich nach ihr umdrehte, »komm herein«, wiederholte er, stand Judith Kaufmann immer noch auf der Schwelle. Sie sah ins Zimmer, sah die Nägel an den kahlen Wänden, an denen die Fächer gehangen hatten, sah an der Tapete den dunklen Rand, der verriet, dass dort noch ein anderes Möbelstück gestanden haben musste.

»Sei mir nicht böse«, sagte sie, »aber ich glaube nicht, dass ich hier auch nur ein einziges Mal übernachten kann.«

Für Augenblicke herrschte Schweigen.

»Was soll das heißen?«, fragte Wernigerode schließlich und in einem Ton, der verriet, wie wichtig es ihm war, dass es bei der Verabredung blieb und dass ihm nicht noch einmal etwas passierte, worauf er nicht vorbereitet war.

Aber Judith Kaufmann hatte ihm schon den Rücken zugewandt, wobei sie das Bettzeug, das ihr aus dem Arm rutschte, mit einer raschen Bewegung wieder aufnahm, und als sie auf der Treppe war, rief sie noch etwas, was er nicht verstand. Eine halbe Stunde später klingelte das Telefon, aber Wernigerode nahm den Hörer nicht ab. Stattdessen rückte er die Möbel in die äußerste Ecke zurück, griff auch zum Bettgestell, lehnte es gegen die Fensterbank, so dass der Raum zuletzt wieder leer geräumt war. Er trat auf den Korridor hinaus und verschloss die Tür.

Die darauffolgenden Nächte verbrachte Wernigerode nicht mehr in seiner Wohnung. Es war zu vermuten, dass er bei Judith Kaufmann übernachtete. Tagsüber parkte der blaue Peugeot in der Hagenstraße, denn schließlich war Wernigerode gezwungen, da er seine Bücher und Manuskripte in der Wohnung hatte, für kurze Zeit dort zu arbeiten. Aber am Abend war die Wohnung wieder verlassen, und da die Vorhänge nicht zugezogen waren, fiel ein blasser Schein, vielleicht von der Straßenbeleuchtung oder weil es in dieser großen Stadt nie wirklich Nacht wurde, auf den Parkettboden.

7

Eine Woche später sprach Wernigerode wieder über das Problem der einfachen Wahrnehmung, aber dieses Mal versicherte er, dass es unmöglich sei, ihr jede Form der Täuschung auszutreiben.

»Und warum auch?«, fügte er hinzu. »Der Mensch täuscht sich ein Leben lang, und dies ist seine Gelegenheit zur Freiheit.« Er verwies darauf, dass mit der Emanzipation der Täuschung eine der Grundthesen der Philosophie der Moderne gegeben sei. »Grundsätzlich gesehen«, sagte Wernigerode, »hat der moderne Mensch kaum noch etwas, woran er sich halten kann, und nicht in der Wahrheit, sondern in der Täuschung werden die Untiefen seiner Existenz wirklich berührt.«

Als er die Brille abnahm, war er sichtlich stolz darauf, dass es ihm gelungen war, seine Zuhörer zu verblüffen. Ja, da war es wieder, jenes Hochgefühl, das ihn überkam, wenn es ihm gelang, die Unwägbarkeiten des Lebens in Begriffe zu fassen und damit auf den kürzesten Nenner zu bringen. Er griff zum Wasserglas, sah wie triumphierend in die Runde, und bemerkte er nicht, wie einmal schon, dass jemand die Tür im Hintergrund des Hörsaals öffnete und wieder schloss? Wie ein Schatten glitt eine Frau zur vorletzten Reihe, um, als wollte sie ungesehen bleiben, hinter dem Rücken einiger Studenten zu verschwinden.

Es war Judith Kaufmann, die sich, um nicht zu stören, beeilt hatte, zu einem der freien Plätze zu kommen. Wernigerode sah das üppige Haar, das ihr bis zur Schulter reichte, er sah die rote Jacke und dass sie, obwohl sie saß, die anderen um einen halben Kopf überragte, und es freute ihn keineswegs, dass sie so plötzlich und ohne dass sie dies verabredet hatten, aufgetaucht war. Nachdem er die Vorlesung beendet hatte, fühlte er sich genötigt, auf Judith Kaufmann zuzugehen. Sie wechselten einige Worte, kamen überein, sich in einem italienischen Restaurant zum Abendessen zu treffen, und als es so weit war, als Wernigerode sich der Fensterfront des Restaurants näherte, sah er, dass sie an der Theke stand und auf ihn wartete.

›Viel zu früh‹, dachte er und sah auf die Uhr.

Er zögerte, ob er eintreten sollte, spürte so etwas wie Lustlosigkeit. Es missfiel ihm, dass sie vor der verabredeten Zeit da war, und er wusste, was ihn jetzt erwartete. Sie würden sich umarmen, der Kellner würde ihnen einen Tisch zuweisen und die Speisekarte bringen. Essen würden sie das Übliche: Er, Wernigerode, eine Bouillabaisse, sie, Judith Kaufmann, Scampi auf Reis, und sie würde ihn, da der Tisch nicht genügend Platz bot, immer wieder mit dem Ellbogen berühren, so dass er sich beengt fühlen und zuletzt kaum noch Lust haben würde, mit ihr nach dem Essen in die Zwei-Zimmer-Wohnung zu fahren. Auch dort war alles eng, besonders das französische Bett, auf dem er nicht wagte, wenn sie neben ihm eingeschlafen war, sich frei zu bewegen. Sicher, dies war etwas, das sich nicht ändern ließ, und er konnte ihr unmöglich anlasten, dass sie ihm in einer Situation, die aus Vertrautheit entstand, immer nur gegenwärtig war.

›Ja, immer nur gegenwärtig‹, dachte Wernigerode und fühlte sich ernüchtert, wie am Vormittag schon, als er für Augenblicke geglaubt hatte, da wäre, als sich die Tür zum Hörsaal öffnete, wieder jener Schatten, um dessentwegen er nach Tunis geflogen war. Aber dann …

›Was für ein Unterschied!‹, dachte Wernigerode. ›Die eine war, wenn sie erschien, nie wirklich zu fassen, während mir diese da‹, dachte er, ›im wahrsten Sinne des Wortes immer nur auf den Leib rückt.‹

Die neuerliche Beziehung zu Judith Kaufmann dauerte nicht lange, und dies konnte auch nicht anders sein. Man war herzlich miteinander, aber es war keine Leidenschaft, und die letzten Stunden, die sie miteinander verbrachten, verliefen genau so, wie Wernigerode es vorausgesehen hatte: Er aß seine Bouillabaisse, sie Scampi auf Reis, sie berührten sich, da der Tisch nicht genügend Platz bot, immer wieder mit den Ellbogen, und gegen elf Uhr, als die Flasche Wein ausgetrunken war, winkte Wernigerode den Kellner herbei und zahlte. Als er sich erhob und nicht wusste, da sie sitzen blieb, ob er sich verabschieden sollte, sagte Judith Kaufmann:

»Geh nur. Kein Problem. Es war ein schöner Abend. Ich ruf dich wieder an.«

Wernigerode gab ihr die Hand, nahm seinen Mantel vom Haken. Draußen sah er noch einmal durch das Fenster, sah, dass Judith Kaufmann zur Theke gegangen war und nach einem Hocker griff.

›Sie will also noch bleiben‹, dachte er, wandte sich ab, ging zur Querstraße, in der er den blauen Peugeot geparkt hatte, und er vermied es, indem er einen Umweg nahm, noch einmal an dem italienischen Restaurant vorbeizufahren.

8

Es waren die Novembertage, die Wernigerode veranlassten, wieder öfter am Hundekehlesee spazieren zu gehen. Die Stimmung war düster, das Wasser kaum zu erkennen, weil sich der Nebel bis in die Mittagsstunden nicht verflüchtigen wollte, und gegen Nachmittag, wenn der Blick frei war, begann es zu dämmern, und zwar so rasch, dass sich der Schimmer, der eben noch auf der Oberfläche zu sehen war, Minuten später in ein undurchdringliches Schwarz verwandelte. Wernigerode hatte das bunte Stück Papier bei sich, auf dem ein Pfeil eingezeichnet war, und es war ihm gelungen herauszufinden, was man mit der Schere weggeschnitten hatte und wohin genau, in welche Richtung, die Spitze des Pfeils gerichtet war. Sie zeigte nach Nordosten, und es fehlten nur wenige Zentimeter über dem oberen Rand des Papiers, dann begann der Hagenplatz mit der Koenigsallee und dahinter das Grundstück der Polizeistation. So wies es der Faltplan, den Wernigerode sich gekauft hatte, aus, und immer wieder war er damit beschäftigt, das ausgeschnittene Stück Papier wie ein Duplikat über das Original zu legen.

In der Gustav-Freytag-Straße, wo die Villen standen, die den See am Ostufer eingrenzten, beschloss Wernigerode, durch ein offenes Gartentor hindurch einen schmalen Weg zu betreten, der direkt zum Ufer führte, hoffte darauf, dass ihn niemand zur Rede stellen würde, denn die Wiese, auf der er sich zuletzt befand und die man mit einer Mauer gegen das Ufer hin abgesichert hatte, war Privatgelände. Offenbar wollte Wernigerode jene Stelle überprüfen, an der ihm, obwohl er dies mehrmals als Täuschung bezeichnet hatte, etwas verdächtig vorgekommen war. Er überblickte die Wasserfläche in unmittelbarer Nähe der Mauer, versuchte herauszufinden, wie rasch der See vom Ufer aus an Tiefe gewann und ob es möglich war, hier, keine dreißig Meter von den Fenstern der Villen entfernt, sozusagen in aller Öffentlichkeit, etwas Verdächtiges zu tun, ohne bemerkt zu werden. Sicher, jetzt war der Himmel frei, und auf dem Wasser lag kein Nebel.

›Trotzdem‹, dachte Wernigerode, ›was ich vom gegenüberliegenden Ufer aus beobachtet habe, wird man von hier aus, es ist nur ein Viertel der Strecke, unmöglich übersehen haben.‹

Er bemerkte noch, dass Wind aufkam und dass von einem übermannshohen Drahtgeflecht, offenbar einem Perpetuum mobile, ein ununterbrochenes Quietschen ausging, dann verließ er das Gelände, und nachdem er von seinem Spaziergang zurückgekehrt war, entdeckte er, indem er die Hausfassade musterte, dass ein Fenster zu seiner Wohnung immer noch offen stand.

›Deswegen wird es nicht warm‹, dachte Wernigerode.

Und als er im Flur war, als er das Fenster in dem leergeräumten Zimmer schließen wollte, fiel ihm ein, dass er, um dort hineinzugelangen, erst einmal nach dem Schlüssel suchen musste. Er fand ihn in der Küche in einem Regal, wo Wassergläser abgestellt waren, aber anstatt nun, was er vorgehabt hatte, die Tür zu dem Zimmer aufzuschließen, ging er zum Kleiderschrank, zog einen Schuhkarton hervor und begann darin herumzukramen. Er sortierte einen Packen Fotos, bedauerte, dass da nur das einstöckige Haus unter den Palmen zu sehen war und dass er sich nie eine Aufnahme von Alima und ihrer Familie beschafft hatte.

›Wenn nicht alle wüssten‹, dachte Wernigerode, ›dass ich zwei Jahre lang mit einer Araberin zusammengelebt habe, ich könnte es nicht beweisen.‹

Er begann zu frösteln, weil es zog. In dieser

Stimmung verbrachte er den Abend, und gegen ein Uhr nachts war der Schuhkarton immer noch offen, lagen die sortierten Fotos immer noch auf dem Teppich herum, und vor allem: Wernigerode hatte die Tür zu dem Zimmer, aus dem kalte und irgendwie feuchte Luft eindrang, immer noch nicht aufgeschlossen. Er hatte die Standuhr, die stehengeblieben war, aufgezogen und wollte den Pendelschlag überprüfen, als er plötzlich, offenbar vom Korridor her und wie durch die verschlossene Tür hindurch, ein Geschrei von Blässhühnern zu hören glaubte. Zugegeben, es war vage und, kaum dass es aufgetaucht war, wieder verschwunden. Trotzdem:

›Wie ist das möglich‹, dachte Wernigerode und begann die Wohnung aufzuräumen.

Er rückte den Schreibtisch zurecht, beschloss, den Schuhkarton mit den Fotos in das leer geräumte Zimmer zu bringen, und er nahm sich vor, auch dort endgültig Ordnung zu schaffen.

›Ich brauche sowieso Platz, um die Bibliothek zu erweitern. Die Sessel lasse ich stehen, Bett und Sekretär trage ich in den Keller. Den Rest könnte man entsorgen. Und vor allem muss das Fenster geschlossen werden‹, dachte Wernigerode, griff nach dem Schlüssel, wobei ihm durch die ruckartige Bewegung eines der Gläser zu Bruch ging, und nachdem er in den Korridor getreten war, nachdem er vor der verschlossenen Tür stand, nachdem er den Schlüssel ins Schloss gesteckt hatte, wurde er ärgerlich.

»Was ist denn!«, rief er und stieß mit dem Fuß ungeduldig gegen den Türrahmen.

9

Gab es etwas Neues aus Monastir?

Wer nochmals und dieses Mal gründlicher im Internet blätterte, entdeckte einiges, was er beim ersten Mal übersehen hatte. Manche Auskünfte hatte man erweitert. So erfuhr man, dass das burgähnliche Gebäude, der Ribat, von dem Kalifen Haroun Errachid im Jahre 796 vor Christi errichtet und über Jahrhunderte hinweg ausgedehnt und befestigt wurde. Man erfuhr, dass für Bourguiba, der im Jahr 2000 starb, ein Mausoleum errichtet worden war und dass das Grab des Heiligen El Maziri Sidi aus dem 12. Jahrhundert in unmittelbarer Nähe lag. Das Gräberfeld darum herum war imposant. Dahinter sah man, wie beim ersten Mal schon, zwei Türme einer Moschee, dahinter den Kongresspalast und wieder dahinter den Busbahnhof, und hier begann, wie gesagt, die Anonymität der Stadt.

Was aber immer noch ausgespart blieb, war ein Blick auf den besseren, in unmittelbarer Nähe zum

Meer gelegenen Stadtteil, in dem es einstöckige Häuser und einen Brunnen an der Straßenecke gab, und wo die Palmen, die in den Gärten aufragten, weiß vor Staub waren. Über diese Gegend erfuhr man weiterhin nichts, auch nichts darüber, ob es, da die Mauern überall hoch und bogenförmig geschwungen waren, ob es dort überhaupt einen schmiedeeisernen Zaun gegeben haben könnte und ob es der Mühe wert war, an den kleinen, meist schmal gehaltenen Fenstern auch noch, um nicht gesehen zu werden, Vorhänge anzubringen.

Für Wernigerode war dies alles kein Problem, denn ihm war die Gegend, die man im Internet vergebens gesucht hätte, auf unwiderrufliche Weise gegenwärtig. Genauer: Er brauchte nur einen Blick auf die Ecke des Schreibtisches, die er frei gemacht hatte, zu werfen, dann sah er die Gebetskette, die der Bruder der Araberin von der Wand genommen und in die Hosentasche gesteckt hatte. Er hatte sie am Hundekehlesee gefunden, hatte vorher schon, wenn er an dem Ufersaum zwischen dem Zaun der Polizeischule und dem Steg vorbeigegangen war, bemerkt, dass da etwas unter der Ruderbank, besonders wenn die Sonne schien, hervorblinkte, und irgendwann hatte er den Kahn, der halb voll Wasser war, betreten und hatte die Kette unter der Ruderbank hervorgezogen.

›Was‹, dachte Wernigerode, ›hat dies alles zu bedeuten?‹

Er spürte, wie wichtig es gewesen wäre, sich jetzt, ja, warum hatte er es nicht längst getan, in dem verschlossenen Zimmer nochmals umzusehen. Vielleicht lag da etwas in den Schubladen, etwas, das ihm Klarheit hätte verschaffen können. Aber er ließ den Schlüssel unberührt, ging stattdessen zum Telefon, und keine Stunde später klingelte Judith Kaufmann an der Wohnungstür. Es war schon erstaunlich, wie kameradschaftlich diese Frau reagierte und dass sie so rasch, nachdem er sie darum gebeten hatte, gekommen war. Er hatte Tee gekocht, entschuldigte sich, dass er nicht einmal Kekse im Haus habe. Nachdem sie auf dem Sofa Platz genommen hatten, begann Wernigerode zum erstenmal mit ihr über Alima zu reden und dass es Dinge gäbe, die ihn beunruhigten. Judith Kaufmann hörte ihm zu, wollte aber weder die Gebetskette noch das ausgeschnittene Stück Papier in Augenschein nehmen.

»Lass nur«, sagte sie, als Wernigerode die Kette, als wäre sie ein Indiz, auf die Armlehne des Sofas legen wollte, und, wofür er ihr dankbar war: Sie verstand durchaus, dass auch er Mühe hatte, das verschlossene Zimmer zu betreten.

»Darüber würde ich mir keine Gedanken machen«, sagte sie. »Nimm es als Beweis, dass sie dir nicht gleichgültig war.«

Und als Wernigerode der Annahme, Alima hätte ihn verlassen, widersprach und auf gewisse Umstände verwies, die ihn stutzig gemacht hätten, er erwähnte das plötzliche Auftauchen des Bruders und dass dieser, kaum dass ihm dafür Zeit geblieben war, den Hundekehlesee hatte sehen wollen, musste sie lachen.

»Was willst du damit sagen?«

»Nichts«, antwortete Wernigerode und unterließ es, weitere Ungereimtheiten, die ihm aufgefallen waren, zur Sprache zu bringen.

Er erwähnte noch jenen Kahn, der, nachdem er jahrelang unter Wasser gelegen hatte, plötzlich verschwunden war, um mitten auf dem See wieder aufzutauchen. Aber dass da jemand in ebendiesem Kahn aufrecht gestanden und mit einer Stange auf dem Grund des Sees herumgestochert haben könnte, darüber schwieg er sich aus.

10

Mitte Dezember bat Wernigerode seine Sekretärin, dafür zu sorgen, dass das nächste Se-
minar nicht in den Räumen des Instituts, sondern
in seiner Wohnung stattfinden konnte. Dies hatte
er immer vorgehabt, und um die wenigen Klappstühle, die nötig waren, um für alle Sitzgelegen-
heiten zu schaffen, wollte er sich selber kümmern.
Zwei-, dreimal fuhr er mit dem blauen Peugeot
zwischen der Van't-Hoff- und der Hagenstraße hin
und her, dann, als es so weit war, er hatte im Wohnzimmer genügend Platz geschaffen, hatte das Klavier zur Seite gerückt, ein Tablett mit Plastikbe-
chern stand auf dem Fensterbrett, wartete er auf
die Studenten.

An den Seminaren, in denen es gewöhnlich leb-
haft zuging, nahmen in der Regel zwölf bis sech-
zehn Personen teil, aber dieses Mal war Wernigerode unkonzentriert. Er redete über dieses und
jenes, nur nicht über das Thema, auf das sich die
Studenten vorbereitet hatten, und als ließe sich die

allgemeine Stimmung doch noch bessern und als könne dies nur mit einer flapsigen Bemerkung geschehen, sprach er davon, dass er in seiner Wohnung aus einem leergeräumten Zimmer gelegentlich ein Geschrei von Blässhühnern hören würde, obwohl es unmöglich sei.

»Der nächste See ist viel zu weit weg. Und Blässhühner«, versicherte Wernigerode, »fliegen, anders als Stockenten, niemals über Land.«

Dabei wies er mit ausgestrecktem Arm in Richtung Korridor und forderte die Studenten auf, sich selbst davon zu überzeugen, dass er sich geirrt hatte.

»Da ist nichts«, sagte Wernigerode, »und wenn doch«, fügte er hinzu, »dann müsste dieses Geschrei irgendwann und vielleicht gerade jetzt wieder zu hören sein.«

Man folgte seiner Aufforderung, sah auf seinen ausgestreckten Arm und schwieg.

Eine halbe Stunde später stand Wernigerode im Treppenhaus, um die Teilnehmer des Seminars zu verabschieden. Er gab jedem die Hand, man bedankte sich. Nachdem die Haustür ins Schloss gefallen war, ging er ins Wohnzimmer zurück, und jetzt erst gestand er sich ein, dass er den anderen und vor allem sich selbst nichts als Umstände gemacht hatte. Überall Anzeichen von Unordnung.

Er hatte die kahlen Klappstühle vor Augen. Einige waren umgefallen, und er sah, dass man bemüht gewesen war, die leergetrunkenen Pappbecher nicht herumstehen zu lassen. Die meisten hatte man ineinandergeschoben und auf dem Klavier abgestellt, jene aber, die man als Aschenbecher benutzt hatte, lagen auf dem Teppich. Es war, obwohl Wernigerode keinen Grund hatte, jemandem etwas vorzuwerfen, ein trostloser Anblick, so dass er sofort damit begann, die Stühle zusammenzuklappen, um sie auf den Korridor zu stellen.

Dies geschah am Vormittag. Am Nachmittag saß Wernigerode in der Buchhandlung Hugendubel auf dem halbrunden Sofa, und man sah, wie er mit einem Stapel Bücher, den er aus den Regalen zusammengesucht hatte, beschäftigt war. Es waren wissenschaftliche Kommentare und Abhandlungen, den Islam betreffend, und wer genauer hinsah, konnte die Titel einiger Bücher erkennen: »Der Islam in der Gegenwart« war da zu lesen oder »Der Islam als Alternative« oder »Morgenland und Abendland, mein westöstliches Leben«. Es gab auch ein Lexikon mit dem Titel »400 Fragen zum Islam, 400 Antworten«, und zuletzt blätterte Wernigerode in einer Ausgabe des Korans, auf deren Umschlag ein Kommentar Goethes abgedruckt war:

»Der Stil des Korans ist seinem Inhalt und Zweck

gemäß, streng, groß, furchtbar, stellenweise wahrhaft erhaben; so treibt ein Keil den anderen und darf sich über die große Wirksamkeit des Buches niemand verwundern.«

›Streng, groß, furchtbar‹, dachte Wernigerode und klappte das Buch wieder zu.

Er sträubte sich dagegen, nach dem Kugelschreiber zu greifen und das Blatt Papier hervorzuziehen, auf dem er sich Notizen hatte machen wollen. Er stellte die Bücher ins Regal zurück, und nur den Koran, jenes handliche, dunkelgrüne Bändchen, behielt er in der Hand. Es war die sechste, überarbeitete Taschenbuchausgabe, herausgegeben unter der Leitung von Hazrat Mirza Masroor Ahmdad, dem Imam und Oberhaupt der Ahmadiyya Muslim Jamaat aus dem Jahre 2005, und nachdem Wernigerode an der Kasse sechs Euro bezahlt hatte, war er versucht, das Buch samt Rechnung liegenzulassen.

›Was soll ich damit‹, dachte er, als er wieder an seinem Schreibtisch saß. Er wehrte sich dagegen, seine Erinnerung an Alima mit einer religiösen Schrift in Verbindung zu bringen. ›Es war ja nicht so‹, dachte Wernigerode, ›dass man, wenn man seinen Urlaub an den Stränden von Monastir verbracht hatte, wenn man sich in dem günstigen Klima erholt, die Sehenswürdigkeiten betrachtet oder die Raffinesse der tunesischen Küche gekostet hatte, es war ja nicht so, dass man in dieser Gegend, in der einem Massagen und Heilwasser verabreicht wurden, den Koran nötig gehabt hätte.‹

Nein, da war, wenn man sich von der Küste entfernte, immer dieser tiefblaue Himmel, der landeinwärts, in Richtung Wüste, an Helligkeit zunahm, und wenn man mit dem Dampfer eine Insel erreicht hatte, gab es ein Café, in dem man sich mit einer jungen Araberin verabreden konnte. Oder war da noch etwas anderes, etwas, das Wernigerode im Überschwang der Gefühle übersehen hatte?

Er griff zum Schuhkarton, suchte nach dem Foto, das er mit einer Widmung versehen hatte, und nachdem er auch das aus einem Stadtplan herausgeschnittene Stück Papier gefunden hatte, holte er den Koran und die Gebetskette und verstaute alles in einer Plastiktüte. Er trat vor die verschlossene Tür.

›Ich habe kein Recht, dort hineinzugehen‹, dachte Wernigerode, bückte sich nach dem Schlüssel, der auf den Parkettboden gefallen war, und nachdem er ihn in der Küche wieder hinter den Gläsern abgelegt hatte, musste er sich eingestehen, dass er ratlos war.

›Ich hätte nie über den Hundekehlesee reden dürfen und darüber, dass es an diesem versteckt gelegenen, unscheinbaren Gewässer etwas zu ent-

decken gebe‹, dachte er. ›Auch die Reise nach Monastir war falsch. Ich habe weder dort noch hier etwas Entscheidendes herausgefunden, und jetzt hat
sich alles miteinander verhakt.‹

11

Am nächsten Tag war Wernigerode damit beschäftigt, seine Bücher zu ordnen, und, was er alle ein bis zwei Jahre tat, die Regale mit einem feuchten Tuch abzuwischen. Er hatte die Leiter zurechtgerückt und war dabei, die letzte Stufe, deren Brett locker war, vorsichtig zu betreten, als er plötzlich den Lappen fallen ließ und von der Leiter stieg. Er zog seinen Mantel an, griff zur Plastiktüte, warf die Wohnungstür ins Schloss und fuhr zu der Polizeistation am Hundekehlesee.

Eine Weile stand er vor dem orangefarbenen Schild und betrachtete den Adler, der dort abgebildet war. Das Tor war verschlossen, und auch nachdem er auf den Klingelknopf gedrückt hatte, zeigte sich niemand. Er sah durch den Zaun hindurch, wie Pferde verladen wurden, und nachdem ein Jeep von der Koenigsallee her eingebogen war, wurde das Tor automatisch geöffnet, und Wernigerode trat ein. Er ging auf einen viereckigen Klinkerbau zu. Vielleicht wollte er bei der Wache, die dort untergebracht war, alles, was ihn umtrieb und misstrauisch gemacht hatte, zur Anzeige bringen. Aber es kam nicht dazu. Man sah, wie er mit einer jungen Beamtin, die ihm entgegengekommen war, ein paar Worte wechselte. Dabei wies er über den Hof hinweg in Richtung auf ein langgestrecktes Gebäude, und offenbar war die Beamtin bereit, ihm die Besonderheiten der Polizeistation zu erklären. Sie schlenderten hierhin und dorthin. Zuletzt standen sie vor dem Schilfgürtel, der das Ufer des Hundekehlesees eingrenzte, sahen auf die gefrorene Wasserfläche, und hier verhielt sich Wernigerode merkwürdig still.

»Können Sie mir sagen, wie tief der See ist?«, fragte er plötzlich.

»Acht Meter.«

»Donnerwetter.«

»Ja, da kann man nicht einfach durchwaten. Die Berliner Seen haben es alle in sich«, sagte die Beamtin, sah auf die Plastiktüte, die Wernigerode in der Hand hielt, und schien amüsiert zu sein.

Wernigerode bedankte sich für ihre Freundlichkeit, die keineswegs selbstverständlich war, und zehn Minuten später war er auf dem Weg, der an der Westseite des Hundekehlesees entlangführte. Er ging in Richtung Norden, umschritt das Stadiongelände, vor dem der See endete, bog in die

Gustav-Freytag-Straße ein, und als er wieder in sein Auto stieg, durfte man sich fragen, was er mit diesem neuerlichen Rundgang um den See erreicht hatte. In die Wohnung zurückgekehrt, hängte er die Plastiktüte über die Klinke der verschlossenen Tür, ging ins Arbeitszimmer, wohl in der Absicht, nochmals auf die Leiter zu steigen, um das Abstauben der Bücherregale zu beenden, und nun fiel ihm ein, dass er, er sah auf die Uhr, zu dieser Stunde beim Dekan zum Essen eingeladen war.

›Wie konnte ich das vergessen‹, dachte Wernigerode, machte sich Vorwürfe, dass er wieder einmal seine Zeit am Hundekehlesee vertrödelt hatte.

Er musste sich rasieren, musste ein frisches Hemd anziehen und den Anzug wechseln. Hastig suchte er nach der passenden Krawatte, und als er endlich im Auto saß, dessen Motor noch warm war, bemerkte er, dass er die Flasche Wein, die er mitbringen wollte, auf dem Küchentisch stehengelassen hatte. Er zögerte, ob er nochmals aussteigen sollte, um sie zu holen.

›Unwichtig‹, dachte Wernigerode.

Diesmal fand er sich beim Dekan in einem kleineren Kreis wieder. Er hatte sich verspätet, und als er mit einer Entschuldigung eintrat, hatten sich die Gäste bereits zum Abendessen an den Tisch gesetzt. Es waren neun Personen, die meisten sah Wernigerode zum erstenmal. Man kam, kaum war die Suppe serviert, ins Gespräch, und ob dies so war oder nicht oder ob Wernigerode besonders empfindlich reagierte, nach einer halben Stunde kam es ihm vor, als würde man wieder einmal ausschließlich über Dinge reden, die ihm unangenehm waren.

Sicher, der Dekan sprach weder über die Gegend um Monastir, noch schwärmte er von dieser und jener Sehenswürdigkeit an der nordafrikanischen Küste, aber man redete über die neuerliche Heimtücke religiöser Gefühle und dass jemand unter Berufung auf seinen Glauben in Amsterdam, und zwar auf offener Straße, einen Mord gerechtfertigt hätte.

Man diskutierte über die Anschläge auf die Madrider und Londoner Vorortzüge, und nachdem Wernigerode sich verabschiedet hatte, es war gegen ein Uhr nachts, zögerte er, in den blauen Peugeot einzusteigen. Aber da die anderen, denen er auf der Straße nochmals die Hand gab, ohne Umstände losfuhren, startete auch er den Motor und schaltete die Scheinwerfer ein, und anstatt nun auf kürzestem Weg nach Hause zu fahren, anstatt auf die Saargemünder Straße und anschließend auf die Clayallee einzubiegen, nahm er einen Umweg und fuhr im Schritt-Tempo in Richtung Thielallee. An der U-Bahnstation stieg er aus, um aus einem Automaten Zigaretten zu ziehen. Er nahm sich keine Zeit, das Päckchen an dem dafür vorgesehenen Faden zu öffnen, sondern riss es, indem er den Finger hineinbohrte, auf, und er warf die Zigarette, kaum dass er sie herausgezogen und angezündet hatte, wieder weg. Er bereute, dass er zuletzt noch eine Tasse Kaffee getrunken hatte.

›Er hat mich aufgeputscht‹, dachte Wernigerode und bog in die Königin-Luisen-Straße ein.

Er hatte sich zuletzt, schon aus Höflichkeit, doch noch an der Unterhaltung beteiligt, hatte Vorwürfe gegen den Islam, vor allem, wie man in arabischen Familien Frauen behandelte, nicht ohne Widerspruch zur Kenntnis genommen, hatte die Ehre derjenigen, mit denen er beinahe verwandt gewesen wäre, verteidigt, und er hatte sehr wohl bemerkt, wie zustimmend der Dekan, während er dies tat, zu ihm hinübersah. Aber jetzt war Wernigerode allein, und seine Absicht, die unangenehmen Gespräche, die hinter ihm lagen, zu vergessen, wollte ihm, je näher er seiner Wohnung kam, nicht gelingen. An der Tür zu dem verschlossenen Zimmer hingen die Gebetskette und vor allem der Koran, den er nach solch einem Abend nicht unbeachtet lassen konnte. Und so griff er, kaum hatte er den Korridor betreten, nach der Plastiktüte, zog das Buch mit dem dunkelgrünen Einband hervor, setzte sich an den Schreibtisch und begann nochmals darin zu blättern.

»Da werden sie hervorkommen aus den Gräbern mit niedergeschlagenen Blicken, als wären sie weithin zerstreute Heuschrecken«, las er, und wieder weigerte er sich, auf solche und ähnliche Textstellen näher einzugehen, um herauszufinden, was genau damit gemeint war.

›Es geht mich nichts an. Und trotzdem: Irgendetwas davon hat sich hier eingeschlichen‹, dachte Wernigerode, schob den Koran in die Plastiktüte zurück, nahm den Kugelschreiber auf, beugte sich über den Tisch, hielt die linke Hand über das Papier, um das Licht der Lampe abzuwehren, und lauschte in Richtung Korridor. Für Augenblicke war er in Sorge, die abgedrehte Heizung könnte in dem verschlossenen Zimmer einfrieren. ›Sie ist gesichert. Sobald strenger Frost herrscht, springt sie an‹, dachte er, nahm sich aber vor, die Tür mit Moltofillstreifen abzudichten. Und war da nicht, ›wie einmal schon‹, dachte Wernigerode, etwas zu hören, von dem er wusste, dass es unmöglich war?

Er begann zu arbeiten, wunderte sich, wie rasch und mühelos ihm die Gedanken kamen, und je zufriedener er mit dem, was er zu Papier brachte, war, desto stärker wurde er in jene Wahrnehmung, für die er keine Erklärung geltend machen konnte, hineingezogen, und er fühlte sich, indem er dies zuließ, irgendwie erleichtert. Und hatte Wernigerode diese Form von Freiheit in seinen Vorlesungen nicht ausdrücklich hervorgehoben? Hatte er nicht behauptet, dass die Emanzipation der Täuschung eine der Grundthesen der Philosophie der Moderne sei?

»Grundsätzlich gesehen«, dies waren seine Worte gewesen, »hat der moderne Mensch kaum noch etwas, woran er sich halten kann. Und nicht in der Wahrheit, sondern in der Täuschung werden die Untiefen seiner Existenz wirklich berührt!«

Als er endlich im Bett lag, hörte er keine Blässhühner mehr, stattdessen aber vom Treppenhaus her, in dem es ansonsten ruhig war, ein ununterbrochenes Klappern. Schlug da nicht etwas gegen die Wand, oder waren es Schritte? Wernigerode fiel ein, dass Alima, wenn er als Erster im Bad gewesen war und sich ins Schlafzimmer zurückgezogen hatte, noch eine Weile in den Zimmern umherging und dass sie auf dem Parkettboden ein ähnlich unangenehmes Geräusch erzeugt hatte.

»Sie trug oft hochhackige Schuhe«, murmelte Wernigerode, war aber in Gedanken schon woanders. Er erinnerte sich daran, dass er, als der Bruder bei ihm übernachtet hatte, ebenso wach gewesen war, weil er nicht wusste, was genau jener von ihm wollte. ›Einmal ist er in die Küche gegangen. Man hörte die Wasserleitung rauschen. Sie rauscht immer noch‹, dachte Wernigerode und schlief ein.

Am nächsten Morgen roch es nach frischem Kaffee, und es dauerte eine Weile, ehe er sich entschloss aufzustehen. Er schob die Vorhänge zurück, wunderte sich, dass der Geruch nicht nachließ. Wieso sollte es nach Kaffee riechen, da nicht einmal der Kessel mit dem Wasser auf der Herdplatte stand! Nachdem er in die Küche gegangen war, um, was er jeden Morgen tat, das Geschirr aus dem Schrank zu holen, war er versucht, nicht nur eine, sondern eine zweite Tasse, nicht nur einen, sondern einen zweiten Teller bereitzustellen. Er staunte über seine Bereitwilligkeit, den nüchternen Blick auf die Dinge um sich her, und sei es auch nur für Sekunden, aufzugeben. Er holte den Brotkorb, die Butter, das Glas mit der Marmelade, und nachdem der Kaffee aufgegossen war und in einer Kanne auf dem Rechaud stand, nachdem Wernigerode sich gesetzt hatte, wäre es ihm ein Leichtes gewesen, das Messer oder die Gabel oder den Löffel mit dem Zucker unberührt zu lassen und so zu tun, als würde er auf jemanden warten. Er glaubte zu spüren, dass es nicht mehr zog.

›Als hätte jemand in dem Zimmer das Fenster

geschlossen‹, dachte Wernigerode und hatte Lust, wieder einmal Schubert zu spielen.

Also ging er, sowie er gefrühstückt hatte, ins Wohnzimmer, setzte sich auf den altmodischen Drehhocker, blätterte in der Partitur der G-Dur-Sonate, Deutschverzeichnis 894, deren ersten Satz er leidlich beherrschte. Er wiederholte die ersten Takte, versuchte die Anschläge, mit Rücksicht auf die Nachbarn, flach zu halten, und er staunte über die Ruhe und Abgeklärtheit und dass Schubert, obwohl er todkrank gewesen war, solch ein Molto moderato cantabile überhaupt zustande gebracht hatte.

›Ja, das ist es, was den Menschen auszeichnet‹, dachte Wernigerode. ›Er kann sein Elend auf wunderbare Weise übersteigen.‹

Dabei sah er, als hätte sich nichts geändert, in Richtung Sofa. Aber das Sofa war leer. Und hatte Alima nicht damals schon, als sie noch anwesend war, immer nur auf der äußersten Kante gesessen?

›Sie war bereit, sich jederzeit zu erheben. Darauf hätte ich achten müssen‹, dachte Wernigerode und schloss den Deckel über der Tastatur.

Der Therapeut

I

Darf ich mich Ihnen vorstellen: Ich heiße Wolfgang Heinsberg und schreibe Artikel für die Zeitschrift »Gartenbaukunst«. Nicht, dass es mich sonderlich interessiert. Ich gebe zu, dass ich nach vier Semestern ein Studium der Philosophie abgebrochen habe und nicht recht weiß, wie es weitergehen soll. Vielleicht, aber dies wäre auch etwas, was Geduld und Ausdauer erfordert, vielleicht könnte ich mich dazu entschließen, ein Jurastudium zu beginnen. Aber nicht jetzt, später. Jetzt verdiene ich ausreichend Geld, und ich kann sagen, dass man mir einiges Vertrauen entgegenbringt. Ich kann schreiben, worüber ich will, und am meisten interessieren mich kunstvoll verwilderte Gärten. Dies zwingt mich dazu, immer wieder zu verreisen, etwa nach Frankreich, Spanien oder Italien, und man weiß natürlich, dass besonders England in dieser Hinsicht einiges zu bieten hat. Also war ich mit einem Fotografen in Kent, Northumberland und Schottland und habe, was dort zu finden war, ausgiebig dokumentiert. Jetzt drängt der Herausgeber der Zeitschrift »Gartenbaukunst« darauf, endlich etwas sehenswert Verwildertes auch über Deutschland und vor allem über Berlin zu veröffentlichen, was, wie ich zugeben muss, schwierig ist. Die wenigen öffentlichen Parkanlagen, besonders in Charlottenburg und Stadtmitte, wirken einigermaßen gepflegt, und auch was an privaten Besitzungen, etwa in Dahlem oder Zehlendorf, zu besichtigen ist, kann sich zwar, was die Art der Bepflanzung und die Architektur angeht, sehen lassen, aber es fehlt das Anrüchige ebenjener vernachlässigten Jugendstilvillen, die ich am Gardasee zu sehen bekommen habe. Aber man muss Geduld haben und vor allem: Nicht immer kommt es darauf an, etwas Exotisches in den Blick zu bekommen. Nicht immer müssen es Palmenhaine, Lorbeerhecken oder verblühte Bougainvilleen an zerbrochenen Spalieren sein. Es genügt auch eine verwilderte Taxushecke oder eine zerborstene Zeder vor einer Ziegelmauer, die von Efeu überrankt wird, und in dieser Hinsicht habe ich mir schon etwas Sehenswertes notiert.

In der Nähe des Halensees, in einer Art Sackgasse, die man von der Wallotstraße aus erreicht, stehen mehrere Villen, die vor Jahren erst renoviert worden sind. Die Straßen wurden neu bepflastert, die Gärten wieder hergerichtet, aber irgendwo ist ein Teil des Bürgersteigs löchrig geblieben, und immer noch ist da ein verrosteter Zaun über einer kniehohen Mauer. Wer näher herantritt, bemerkt unter den Brombeersträuchern Reste von verkümmertem Buchsbaum und dass da einmal Rabatten und Kieswege angelegt waren, und von der Gartentür aus, die von zwei eisernen Pfosten gehalten wird, ist der Blick frei auf einen langen, von Ziegelsteinen umsäumten Weg, der auf ein Gebäude zuführt. Man sieht Quader aus Kalkstein, einen spitzen Giebel mit einer runden Öffnung, ganz so, als befände sich dahinter eine Glocke, aber dann, wenn man die Gartentür hinter sich gelassen hat und einige Schritte über den Weg auf das Gebäude zugegangen ist, wird deutlich, dass hier hinter einer meterdicken Mauer und hinter Fenstern, die beinahe bis zum Fußboden reichen, jemand wohnt.

Natürlich war es nicht möglich, mich weiter, sozusagen ungeniert, nachdem ich den Eingang erreicht hatte, umzusehen. Ich hatte kaum Zeit, das Schild, das dort angebracht war, zu lesen, als die Tür geöffnet wurde und eine ältere Frau auf die Schwelle trat und mich aufforderte, ihr zu folgen. Sie führte mich in einen langgestreckten Raum, und hier hatte ich nochmals Gelegenheit, diesmal von der Rückseite des Gebäudes aus, in den Garten zu sehen. Da waren riesige Rhododendronsträucher und ein Pavillon, dahinter schimmerte eine Wasserfläche, und wieder dahinter sah man die Autobahn. Aber man hörte keinerlei Lärm. Im Gegenteil, im Innern dieses Gebäudes war alles, vielleicht wegen der dicken Mauern und weil die Fenster neu verglast und isoliert worden waren, vollkommen still.

2

Was hältst du davon?«, fragte ich jenen, mit dem ich seit Jahren zusammenarbeite. Er liefert die Fotos zu den Beiträgen, die ich veröffentliche. »Was hältst du davon?«, fragte ich und sah, dass er zögerte, die Kamera aus der Tasche zu ziehen.

Die Anlage gefiel ihm nicht. Ich stand vor der Gartentür, er ging an dem verrosteten Zaun auf und ab, machte einige Aufnahmen, und nachdem wir wieder im Auto saßen, zeigte er mir auf dem Monitor, was ihm auf den ersten Blick aufgefallen war. Es waren eine Schale aus Bronze, die mit Regenwasser gefüllt war, und eine armlose Büste, kaum sichtbar unter wucherndem Efeu.

»Es könnte einmal ein Park gewesen sein«, sagte der Fotograf. »Und vielleicht gab es eine Villa, und man hat sie, weil sie ausgebombt war, abgerissen. Und hier«, fügte er hinzu und wies mit dem Finger auf die linke Ecke des Gebäudes, »hier scheint jemand zu stehen, der uns beobachtet.«

Man erkannte auf dem Foto eine Gestalt, die, die linke Hand über der Stirn, als müsse sie sich gegen die Sonne schützen, in Richtung Zaun sah.

»Das ist der Therapeut«, sagte ich und gestand, dass ich bereits versucht hatte, mit ihm zu reden. Ich erwähnte die ältere Frau, die mich in das langgestreckte Zimmer geführt hatte, und dass dann, aber erst Minuten später, ebendieser Mann, den ich auf dem Foto wiedererkannte, eingetreten war. »Es ist der Therapeut«, wiederholte ich. »Er hat hier seine Praxis. An der Tür ist ein Schild mit den Sprechstunden angebracht.«

»Na und?«, fragte Katzmann. »Trug er einen Hut? War sein Hemd offen? Und hast du einen blauen Himmel mit Wolken gesehen?«

Ich wusste nicht, was er meinte, und erst, als ich zu Hause war, fiel mir ein, dass der Fotograf mit seiner flapsigen Bemerkung offenbar auf eine berühmte Collage von Magritte angespielt hatte. Ich durchstöberte mehrere Bildbände, fand schließlich, was ich suchte: Da war eine grobschlächtig wirkende Figur, die breitbeinig auf einem Stein saß. Kein Gesicht unter dem Hut, unter dem offenen Hemd keine Brust, stattdessen ein endloser Himmel.

›Gut, das ist Magritte‹, dachte ich. ›Aber was hat das mit meinem Besuch in dem neugotischen Gebäude zu tun? Ich will diesen Garten beschreiben, egal, ob dort ein Zahnarzt oder sonst irgendjemand seine Praxis hat.‹ Und jener, der mir, nachdem ich einige Minuten gewartet hatte, in den Rücken getreten war, wirkte alles andere als grobschlächtig. Er war zurückhaltend und höflich und trug, wie man es von einem Intellektuellen beinahe schon erwartet, eine randlose Brille. Ich hatte ihm meinen Wunsch vorgetragen, nämlich über den Garten, den man von den Fenstern aus sehen konnte, etwas zu schreiben, hatte ihm meine Visitenkarte überreicht und versichert, ich würde ihm, falls er dies wünschte, einige Exemplare der Zeitschrift »Gartenbaukunst« zuschicken lassen, und er war durchaus bereit, darauf einzugehen, wies mich aber darauf hin, dass er nicht der Besitzer dieser Anlage sei.

»Ich habe dies alles lediglich gemietet«, sagte er. »Von Frau von Wertebach. Sie war charmant und umgänglich.«

Er gab mir eine Adresse samt Telefonnummer. Dies war es, was wir uns zu sagen hatten, und ich bemerkte noch, als ich mich verabschiedete, den großen, leeren Schreibtisch und die Lampe mit dem grünen Schirm und dass in einer Ecke, dort, wo das Fenster verhangen und wo es beinahe dunkel war, dass dort eine Art Sofa stand, eigentlich eine Liege.

Die nächsten beiden Wochen war ich mit Korrekturarbeiten beschäftigt, auch war es nötig, dass Katzmann einige Aufnahmen, die wir in Spanien gemacht hatten, wiederholte, dann aber, nachdem die Sache, die im März erscheinen sollte, von dem Herausgeber akzeptiert worden war, kramte ich den Zettel, den mir der Arzt zugesteckt hatte, wieder hervor und wählte die Telefonnummer. Ich bekam keinen Anschluss, und erst beim dritten Mal meldete sich eine Männerstimme, die, nachdem ich Frau von Wertebach verlangt hatte, irgendwie Mühe zu haben schien, meinen Anruf ernst zu nehmen.

»Wer sind Sie?«, fragte der andere.

Ich erklärte, dass ich den Berliner Garten, der Frau von Wertebach gehörte, näher in Augenschein nehmen wollte, versicherte, dass ich auch bereit sei, Frau von Wertebach, falls dies nötig sein sollte, persönlich aufzusuchen, aber der andere wurde schroff und legte mit einer Bemerkung, die ich nicht verstand, den Hörer auf.

Was hatte er gesagt? Dass Frau von Wertebach leider nicht mehr zu erreichen sei? Dies schien mir unmöglich. Ich griff nochmals nach dem Zettel, entdeckte, dass über der Telefonnummer nicht etwa, wie ich vermutet hatte, der Name von Wertebach, sondern das Kürzel »H.V.-A.G.« zu entziffern war.

›Offenbar die Hausverwaltung‹, dachte ich, zer-
knüllte den Zettel und beschloss, was ich dort in der
Nähe des Halensees und hinter einem verrosteten
Zaun entdeckt und gern in meine Serie »Über kunstvoll verwilderte Gärten« aufgenommen hätte, zu
vergessen.

3

Irgendwann, ich glaube, es war gegen Jahresende, hatte ich Gelegenheit, die Gegend, in der ich vergebens versucht hatte zu recherchieren, nochmals aufzusuchen. Genauer: Ich wollte mir den Halensee, den ich nicht kannte, einmal näher ansehen, und so bog ich, nachdem ich den Stadtplan studiert hatte, hinter der Tankstelle am Rathenauplatz in die Koenigsallee ein, dann zweihundert Meter weiter nach rechts in die Wallotstraße, und nachdem ich die Trabener Straße erreicht hatte, umfuhr ich den See auf einem Feldweg in Richtung Norden, und hier, wo man die Autobahn im Rücken hatte, übersah ich die glitzernde Fläche und am gegenüberliegenden Ufer die Häuserfront mit den Gärten. Der Grund, warum ich hier stand, war ein Artikel, den ich in der Zeitung gelesen hatte und in dem behauptet wurde, dass in ebendiesem See, der sich in Richtung Südwesten abrupt verengte, in entgegengesetzter Richtung aber breit und ausladend war, dass in ebendiesem See immer wieder jemand freiwillig ins Wasser ging. Das heißt, jedes Jahr und besonders im Spätherbst fuhr hier oder am gegenüberliegenden Ufer die Feuerwehr vor, um jemanden, obwohl es zu spät war, doch noch zu retten. Sicher, was ich da gelesen hatte, wirkte übertrieben, vor allem die Behauptung, der Halensee sei in dieser Hinsicht besonders auffällig. Berlin hat schließlich viele Seen, und in den meisten von ihnen war jemand freiwillig oder unfreiwillig ertrunken. Trotzdem hatte mich die Sache, als ich darüber las, nicht unberührt gelassen, vielleicht auch deshalb, weil ich mich an den verwilderten Garten erinnerte und dass dahinter so etwas wie eine Wasserfläche zu sehen gewesen war. Ich versuchte an dem gegenüberliegenden Ufer jene Stelle auszumachen, wo ein Weg an einem Pavillon und an Rhododendronsträuchern vorbei zu dem Gebäude aus Kalkstein führen musste. Es gelang mir nicht, aber ich beschloss, ja, warum nicht, ich hatte immerhin eine Adresse bekommen und damit beinahe die Erlaubnis, wieder in dem Garten und bei dem Arzt, der dort praktizierte, aufzutauchen, ich beschloss, an der Tür mit dem Schild, auf dem die Sprechstunden zu lesen waren, nochmals zu klingeln, und wieder führte mich die ältere Frau in den langgestreckten Raum, wo es hinter einer meterdicken Mauer und den neuverglasten Fenstern, obwohl man die Autobahn in der Nähe hatte, vollkommen still war, und wieder war mir, nachdem ich einige Minuten gewartet hatte, jener höfliche Mann mit der randlosen Brille im Rücken.

»Haben Sie etwas erreicht?«, fragte er und gab mir die Hand.

Ich entdeckte die angelehnte Tür, durch die er eingetreten war, hörte vom Nebenraum her ein verhaltenes Weinen. Der Arzt schien es nicht zu beachten.

»Haben Sie etwas erreicht?«, wiederholte er und brachte mich in Verlegenheit.

Denn erstens hatte ich nicht versucht, unter der Telefonnummer, die er mir gegeben hatte, meine Absicht, den Garten betreffend, nochmals vorzutragen, und dann war da jene Männerstimme gewesen, jemand hatte mit einer barschen Bemerkung den Hörer aufgelegt, und es war mir unmöglich, den Arzt zu fragen, ob ich mich verhört haben könnte und ob die Besitzerin des Gartens, wie hieß sie, Frau von Wertebach, die er mir als charmant und umgänglich empfohlen hatte, nicht mehr zu erreichen sei.

»Ich habe die Erlaubnis bekommen«, sagte ich und wunderte mich, wie rasch und mühelos mir diese Lüge von den Lippen kam.

Für Augenblicke herrschte Schweigen. Der Arzt

sah mir ins Gesicht. Er wollte weder wissen, ob und wie oft ich die Gelegenheit wahrnehmen würde, mich in Begleitung des Fotografen in der Anlage umzusehen, ich wiederum stand nicht als Patient vor ihm und hatte also kein Recht, seine Zeit weiter in Anspruch zu nehmen. Ich bedankte mich, achtete für Augenblicke auf die angelehnte Tür und ob dahinter wieder ein verhaltenes Weinen zu hören war, sah, dass die ältere Frau, offenbar die Sprechstundenhilfe, darauf wartete, mich zum Ausgang zu begleiten.

»Machen Sie bitte keine Umstände«, sagte ich noch, dann war ich wieder auf dem mit Ziegelsteinen umsäumten Weg.

4

Mit Katzmann konnte ich meine Eindrücke nicht besprechen. Er fand nichts dabei, dass auf dem Schild unter dem Namen des Arztes lediglich das Wort »Therapeut« stand und dass man nicht wusste, für welche Art von Erkrankung er nun zuständig war.

»Wenn du ein Sofa gesehen hast und eine verhängte Lampe, wird es ein Psychiater sein«, sagte er und wollte weder von dem merkwürdigen Telefongespräch etwas wissen noch dass wir gezwungen waren, uns ohne Erlaubnis in dem Garten umzusehen. Er wollte den Artikel nicht lesen, den ich aus der Zeitung ausgeschnitten hatte, und dass der Halensee in einer Hinsicht besondere Aufmerksamkeit verdienen sollte, darüber musste er lachen.

Trotzdem: Wir kamen, nachdem wir erneut vor dem Eingang am verrosteten Zaun vorgefahren waren, überein, dass wir nicht nur nach Besonderheiten suchen sollten, um herauszufinden, ob hier eine Villa und vielleicht sogar ein größerer Park existiert haben mussten, wir wollten auch den schmalen Weg vom Kalksteingebäude an dem Pavillon und den Rhododendronsträuchern vorbei zu dem Ufer des Sees genauer in Augenschein nehmen, und wir wollten an der Anlage, falls es die Mühe lohnte, nachweisen, wie konsequent man die Bombenschäden nicht nur in der Innenstadt, sondern auch hier, in den besseren Wohngegenden Berlins, beseitigt hatte und dass dort, wo einmal Jugendstilvillen standen, alles zu Baugrundstücken eingeebnet worden war. Zunächst befreiten wir die Bronzeschale von dem Brombeergestrüpp. Sie war zerborsten, aber man konnte erkennen, dass sie inmitten eines Rondells aus Buchsbaum und Blumenbeeten gestanden haben musste. Überall Mauerreste, die mit einem Bulldozer unter die Erde gedrückt worden waren, und man sah, dass man den größten Teil der Anlage abgeholzt hatte.

»Hier war alles voller Eiben, und dort standen Magnolienbäume. Man sieht noch die Stümpfe«, sagte Katzmann.

Vorsichtig löste er einen Teil des Efeus von der armlosen Büste, und nun erkannte man einen Frauenkopf im neubarocken Stil der Jahrhundertwende. Wir gingen mitten durchs Gestrüpp in Richtung See, und nachdem wir die Rhododendronsträucher erreicht hatten, die gepflegt und frisch geschnitten wirkten, sahen wir den schmalen Weg, der vom Gebäude direkt hierher und darüber hinaus am Pavillon vorbei zum Ufer führte, und hier versuchte ich auf einem Notizblock den Grundriss des Geländes nachzuzeichnen. Es gelang mir nicht. Die Einzelheiten, die wir gefunden hatten, passten nicht zueinander. Sollte es hier eine Anlage gegeben haben, fehlten die Proportionen. Bronzeschale und Frauenbüste berührten sich fast. Die Wege waren überkreuzt, oder endeten viel zu abrupt. Das Gebäude aus Kalkstein stand zu alledem quer. Nirgends Spuren von Grundmauern, nirgends ein Hinweis, dass hier ein zweites Gebäude gestanden haben könnte. Wir suchten weiter, fanden am See eine Art Treppe. Es waren drei, vier meterlange Steinstufen, über die man ins Wasser steigen konnte.

»Von hier aus sind sie Kahn gefahren«, sagte Katzmann. »Oder«, fügte er hinzu, »sie wollten, wie du aus der Zeitung erfahren hast, einfach nicht mehr zurück.«

Er lachte, schien zu spüren, dass mir seine Bemerkung unangenehm war, und während er nun hierhin und dorthin ging, um weitere Aufnahmen zu machen, hörten wir, wie jemand vom Eingang des Gebäudes aus etwas rief. Wir gingen auf den schmalen Weg zurück, sahen, dass es die Sprechstundenhilfe war, die den Arzt, der am Gartentor stand, etwas zu fragen schien. Er drehte sich nach ihr um. Ein Taxi fuhr vor. Der Arzt trat auf die Straße hinaus, öffnete die hintere Wagentür, und wem er beim Aussteigen behilflich war, konnten wir, da wir uns wieder abgewandt hatten, nicht erkennen. Es ging uns auch nichts an.

»Das reicht fürs Erste«, sagte Katzmann und tippte mit dem Zeigefinger gegen die Kamera.

Einige Augenblicke warteten wir noch, um dem Arzt und der Person, der er behilflich gewesen war, nicht zu begegnen. Dann verließen wir das Gelände und verabredeten uns für den nächsten Tag, um, was wir bisher in Bildern, Notizen oder Zeichnungen festgehalten hatten, gemeinsam auszuwerten.

5

Dieser Mensch gefällt mir nicht«, sagte Katzmann. Wir betrachteten die Fotos, die er auf dem Tisch ausgebreitet hatte, und es war unverkennbar, dass er, während wir auf dem schmalen Weg standen, um zuzusehen, wie der Arzt einen Patienten begrüßte und ihm aus dem Taxi half, dass Katzmann ebendies, sozusagen hinter meinem Rücken, mit der Kamera aufgenommen hatte. Ja, mehr noch: Man sah, dass es eine Frau war, die der Arzt begrüßte und die er, während sie über den mit Ziegelsteinen umsäumten Weg auf das Gebäude zugingen, untergehakt hielt. Ich war verärgert.

»Du kannst nicht einfach, und ohne zu fragen, fremde Leute fotografieren«, sagte ich.

Nochmals sprachen wir darüber, ob die übrigen Aufnahmen, die den Zustand des Gartens dokumentierten, brauchbar waren und ob es sich überhaupt lohnte, über dieses bis zur Unkenntlichkeit verkommene Grundstück am südlichen Ufer des Halensees etwas zu veröffentlichen.

»Es lohnt sich nicht«, meinte Katzmann, schob die Fotos ineinander, und, wie einmal schon, beschlossen wir, die Sache zu vergessen.

Dies geschah im Januar, und im Januar ist die Gegend am Halensee meist eingetrübt und regnerisch. Nur selten geht ein Wind, und wenn Schnee auf der Eisfläche liegt, ist er nach wenigen Tagen schmutzig, so dass alles, bis hin zur Autobahn, ununterscheidbar wird und man Mühe hat, den See überhaupt zu erkennen. Im März aber, wenn es stürmisch ist, liegt da eine aufgepeitschte, glitzernde Fläche, die über das Ufer schwappt, und nun ist ein Umschreiten des Sees nur noch in Gummistiefeln möglich. Dies hatte ich nie getan, hatte mich, seit ich mit Katzmann ein anderes Projekt verfolgte, auch nie wieder in dem Garten hinter dem Pavillon und den Rhododendronsträuchern oder in dem Zimmer mit den hohen Fenstern sehen lassen, und so konnte ich auch nicht erfahren, ob da hinter der halbgeöffneten Tür immer noch ein verhaltenes Weinen zu hören war. Vielleicht war es die Stimme einer Frau, und es war der Arzt, der sich über das Sofa, auf dem die Frau lag, gebeugt hielt! Man hörte sein leises, eindringliches Reden. Die beiden waren allein, da die Sprechstundenhilfe das Gebäude verlassen hatte, um, das sah man jetzt, mit einer Schere die Sträucher an dem schmalen

Weg, der zum See führte, zurechtzuschneiden. Überhaupt war es merkwürdig, dass ebendieser Weg und besonders die Rhododendronsträucher beinahe gepflegt wirkten, wo doch der übrige Garten verwildert war. Offenbar legte man Wert darauf, den Blick auf den See frei zu halten, und es war durchaus möglich, dass im Sommer, wenn es heiß war, auch der Pavillon benutzt wurde und die meterlangen Steinstufen, die ins Wasser führten. Ob es ratsam war, hier zu baden, ist nicht mit Sicherheit auszumachen, weil die Berliner Seen nicht allmählich an Tiefe gewinnen, sondern in der Regel steil abfallen, so dass die Berührung mit dem Wasser durchaus gefährlich werden kann. Aber ansonsten wirkt hier alles einladend und vertraut, und wenn es zu dämmern beginnt, kann es vorkommen, dass ein Graureiher, der tagsüber im Röhricht oder in dem Geäst eines Baumes ausgeharrt hat, unvermittelt, als hätte ihn etwas aufgescheucht, die Position wechselt. In einer langgezogenen Schleife fliegt er von einem Ufer zum anderen und verschwindet, dorthin, wo in den Villen ringsherum die Fenster erleuchtet sind. Man erkennt den Wangenheimsteg und die Wallotstraße, die Margaretenstraße erhält noch Licht von der Autobahn, aber dazwischen, wo man das Gebäude der Arztpraxis vermuten könnte, ist alles dunkel. Oder irrt man sich und erkennt man nicht doch noch, wenn man genauer hinsieht, eine Kette von Lichtern, offenbar eine Wegbeleuchtung?

Am nächsten Tag glaubte ich Grund zu haben, beunruhigt zu sein. Ich hörte, während ich frühstückte, im Radio die Lokalnachrichten, und wieder wurde der Halensee erwähnt und dass dort jemand leblos aufgefunden worden sei.

Als ich mit Katzmann darüber reden wollte, winkte er ab.

»Man kann sich nicht um jeden kümmern, der es vorzieht, in einem Tümpel zu ertrinken. Schau dir den Rest der Welt an, die Leute werden getötet wie die Fliegen«, sagte er, »und ich bin froh, dass ich unbehelligt herumreisen kann, um Gärten zu fotografieren.«

Ich stimmte ihm zu. Die Sache war unerheblich. Trotzdem: Irgendwann ertappte ich mich dabei, wie ich im Branchenbuch herumblätterte, um Adressen von Ärzten ausfindig zu machen, und besonders interessierte ich mich für Fachärzte der Psychiatrie, obwohl ich wusste, dass der Arzt in dem Gebäude am Halensee lediglich die Bezeichnung Therapeut benutzte, und natürlich war sein Name auf den vier Seiten, die ich Zeile für Zeile mit dem Finger absuchte, nicht zu finden.

6

Martin Escherich war, wie gesagt, ein hochge-
wachsener, feingliedriger Mann, der eine
randlose Brille trug, und er wirkte, auch dies war
mir von Anfang an aufgefallen, überaus zurückhaltend, hielt immer auf Abstand, wenn er jemanden
begrüßte, und man hatte ständig das Gefühl, als
würde er auf etwas achten, das in seinem Rücken
war.

Aber was war es schließlich außer jener angelehnten Tür! Mir fielen die Fotos wieder ein, die
Katzmann unerlaubterweise gemacht hatte und auf
denen man sah, wie der Arzt einer Frau aus dem
Taxi half und wie behutsam, beinahe liebevoll er
sie den von Ziegeln umsäumten Weg, während er
sie untergehakt hielt, entlangführte. Aber wohin!

Eine Woche später stand ich wieder in dem
Zimmer mit den hohen Fenstern, und natürlich
konnte ich diesmal nicht geltend machen, dass ich
gekommen war, um mich im Garten umzusehen.
Ich suchte nach Worten, um dem Arzt verständlich

zu machen, dass ich an keiner psychotherapeutischen Beratung interessiert sei. Aber was sollte ich mit ihm besprechen! Ich entschloss mich, um mich nicht in Unverbindlichkeiten zu verlieren, meiner augenblicklichen Stimmung zu folgen, und es war durchaus ehrlich gemeint, als ich sagte, es sei wohl ein Fehler gewesen, mich für diesen Park zu interessieren.

»Verstehen Sie mich nicht falsch«, fügte ich hinzu, »ich habe mich in fast allen berühmten und weniger berühmten Gärten Europas umgesehen, aber diese Anlage hier«, sagte ich und wies mit der Hand aus dem Fenster, »hinterlässt bei mir ein gewisses Unbehagen.«

Ich gestand, dass mir die Nähe zum Halensee unheimlich sei, erwähnte, dass es mir nicht gelungen sei, einen Zeitungsbericht über diesen See als unerheblich in den Papierkorb zu werfen, und dass ich, nur weil ich die Angewohnheit hatte, beim Frühstück das Radio einzuschalten, wieder etwas über einen Selbstmord hatte hören müssen, der hier in der Nähe, wer weiß, vielleicht von den meterlangen Steinstufen der Treppe, die ins Wasser führte, aus, geschehen war, und ich konnte nicht widerstehen, auch das gelegentliche Weinen zu erwähnen, das ich hier im Haus, aber auch sonstwo im Garten, ja darüber hinaus von jenseits des Sees gehört hätte, und dass diese Behauptung nicht ganz der Wahrheit entsprach, schien mir unerheblich.

Wir saßen einander gegenüber, hatten den großen, leeren Schreibtisch zwischen uns, die Lampe mit dem grünen Schirm war eingeschaltet. Der Arzt griff zu Schreibblock und Kugelschreiber, machte aber keinerlei Notizen.

»Tja«, sagte er. »Es gehen hier, und besonders zu dieser Jahreszeit, immer wieder Leute ins Wasser.«

»Aus welchem Grund?«

»Dazu braucht es keinen Grund. Nachdem der Mensch in die Welt hineingekommen ist, muss er irgendwann wieder hinaus.«

»So«, sagte ich, erhob mich, sah auf die Uhr, rückte den Stuhl zurecht.

Nach dieser Bemerkung des Arztes hatte ich keine Lust mehr, das Gespräch fortzusetzen. Ich war irritiert, entschuldigte mich mit dem Hinweis, dass es Zeit wäre zu gehen, bemerkte noch, dass der Arzt, nachdem ich aufgestanden war und ihm keine Gelegenheit gegeben hatte, mich zu verabschieden, die angelehnte Tür in seinem Rücken schloss.

7

Mitte April war ich mit Katzmann in Latium unterwegs, weil uns der Herausgeber der Zeitschrift »Gartenbaukunst« dazu gedrängt hatte, endlich etwas über die berühmte Villa d'Este zu veröffentlichen. Ich selbst hatte keinerlei Interesse an der Anlage mitten in Tivoli, die in jedem Bildband über italienische Gärten zu finden war, und ich sah mich in meinem Vorurteil bestätigt. Ich fand vieles zweitklassig und auf billigen Pomp und Repräsentation ausgerichtet. Besonders missfielen mir die Skulpturen an den Brunnen, bis auf jene, die man aus der Hadriansvilla entfernt und hierhergebracht hatte. Von allen Seiten hörte man Motorsägen, mit denen man die Hecken schnitt, und es war unmöglich, auf den Kieswegen den vielen Gartensprengern auszuweichen, und da Wind herrschte, der auch die sprudelnden Fontänen hierhin und dorthin trieb, hatte man den Eindruck, man befände sich im Regen.

»Du bist schlecht gelaunt«, sagte Katzmann, der

darauf wartete, dass eine Gruppe von japanischen Touristen den Blick auf den Drachenbrunnen freigab. Dann begann er, auch andere Bereiche des Gartens zu fotografieren, so dass wir uns aus den Augen verloren, und Stunden später saßen wir auf der Terrasse unseres Hotels und sahen in die Ebene, die von zwei Höhenzügen eingegrenzt war. Es war schwül, der Horizont flimmerte vor Hitze, und nachdem wir das dritte Glas Campari zu uns genommen hatten, sagte ich plötzlich:

»Weißt du, woran ich jetzt denken muss? An den Halensee.«

Katzmann wusste nicht, was ich damit meinte. Ich wusste es selber nicht, erwähnte aber meinen Besuch bei dem Therapeuten.

»Es ist sicher kein Zufall«, sagte ich, »dass dieser Mann seine Arztpraxis in der Nähe eines Sees eingerichtet hat.«

Ich bat Katzmann, sobald wir wieder in Berlin sein würden, mir seine Fotos zu überlassen, die er von der Frau gemacht hatte, und ich äußerte den Verdacht, dass sie es gewesen sein könnte, die später, es war Wochen her, leblos aus dem Wasser gezogen worden war.

»Vielleicht war er nicht ganz unbeteiligt. Denn wie er über den Vorfall redete, war skandalös«, sagte ich und erwähnte, dass auch ich, obwohl es keinen

Grund dazu gab, dem Arzt eine halbe Stunde lang gegenübergesessen hatte.

»Was redet er denn?«, fragte Katzmann und brachte mich in Verlegenheit.

Es war mir unmöglich, Escherichs Bemerkung, die mich irritiert hatte, zu wiederholen, obwohl auch Katzmann, dessen war ich mir sicher, darüber den Kopf geschüttelt hätte.

»Er erinnert schon an die Magritte'sche Figur, die du erwähnt hast«, sagte ich stattdessen und gestand, dass ich mehrmals, seit wir den Garten und das neugotische Gebäude in Augenschein genommen hatten, in dem Bildband geblättert hätte, wo der Therapeut von 1962 abgebildet war. Ich beschrieb, als wäre es für Katzmann etwas Neues, jenen grobschlächtig wirkenden Mann ohne Gesicht, dessen Hemd unter dem Hut wie ein Vorhang aufgezogen war. »Und statt der Brust ist da bis zur Taille hinab ein freier Himmel zu sehen. Du erinnerst dich«, sagte ich, »da sitzt jemand breitbeinig auf einem Felsen, hält einen knotigen Spazierstock in der linken Hand, und die rechte berührt einen Stein, groß genug, um, falls er die Absicht dazu hätte, jemanden zu erschlagen.«

Am Abend waren wir in Tivoli unterwegs, einer engen, unübersichtlichen Stadt, deren Straßen ständig durch Autos verstopft waren. Wir suchten ein

Restaurant, fanden schließlich eine Trattoria, in der man sich, da alle Gäste auf dem Bürgersteig saßen, in einem Innenraum separieren konnte. Das Essen war frisch zubereitet, aber viel zu fett, und irgendwann, als wir in einer Lammkeule herumstocherten, sagte Katzmann:

»Die Tote beginnt mich zu interessieren.«

Er griff zur Serviette, fragte, auf welchem Sender ich die Nachricht gehört hätte, notierte sich Tag und Uhrzeit, und als mir sein Insistieren unangenehm wurde, ich ärgerte mich, dass ich die Sache überhaupt erwähnt hatte, ließ er die Serviette in der Hosentasche verschwinden, und nun beratschlagten wir, wie wir die Dokumentation über die Villa d'Este so rasch wie möglich hinter uns bringen könnten.

In der folgenden Nacht saß ich an dem engen Schreibtisch meines Hotelzimmers und blätterte in einem englischen Buch mit dem Titel »Gardens of Italy«. Hier fand ich, was mir wichtig erschien. Ich erwähnte Pirro Ligorio und Tommaso Ghinucci, die die Anlage 1550 bis 1575 für den Kardinal Ippolito II. D'Este entworfen hatten, ging auf den sogenannten »Weg der hundert Brunnen« ein, und besonders ausführlich beschrieb ich die Wasserorgel mit dem Maschinenraum und wie da durch einen Wechsel von Wasser und Luft Töne erzeugt wurden. Die einzige Anlage, die mir wirklich gefiel, war der ovale Brunnen mit der Sibyllenstatue. Ihm widmete ich mehrere Zeilen. Die Villa selbst und die Fresken in den Innenräumen ließ ich unerwähnt. Im Übrigen waren die Besonderheiten und Details des Parks, auf die ich eingehen musste, so zahlreich, dass ich Mühe hatte, auf den sieben Seiten, die mir zur Verfügung standen, auch noch persönliche Eindrücke unterzubringen.

Beim Frühstück, ich hatte eine halbe Stunde geschlafen, las ich Katzmann das fertige Manuskript vor. Wir suchten die passenden Fotos aus, beschlossen, auf der Rückfahrt nach Rom noch die Hadriansvilla zu besichtigen, aber es kam nicht dazu. Die Straße, die dorthin und auf den Zubringer zur Autobahn führte, war nur im Schritttempo zu durchfahren, und die Ebene, die wir am Vortag noch von der Terrasse des Hotels aus als frei und endlos und nur von zwei Höhenzügen eingegrenzt empfunden hatten, war jetzt durch die vielen Lastwagen hoffnungslos verstellt.

8

Der Reisebericht wurde ein Erfolg. Der Verlag musste einige tausend Exemplare nachdrucken, der Herausgeber zeigte sich zufrieden und versicherte, nun auch endlich einmal nach Tivoli fahren zu wollen. Katzmann spöttelte, dass es leider nicht möglich gewesen sei, die wenigen Stunden, die wir auf der Terrasse des Hotels verbracht hatten, auch noch unter die Leute zu bringen. Er legte Fotos vor, die uns in allerbester Laune und Campari trinkend auf den Liegestühlen zeigten, aber ich war mit alledem nicht zufrieden.

»Vielleicht hätten wir doch etwas über das Grundstück am Halensee schreiben sollen«, sagte ich.

Sicher, wir hatten das Projekt aufgegeben, weil es uns unerheblich schien und weil der Nachweis, dass hier früher einmal eine Parkanlage gewesen sein könnte, kümmerlich war. Wer interessiert sich schon für Fotos, auf denen eine zerbrochene Wasserschale oder eine armlose Frauenbüste zu sehen

war. Trotzdem: Die Villa d'Este hatte mich gelang-
weilt, der schmale Weg aber und der Pavillon und
die Steinstufen, die in den Halensee führten, fielen
mir immer wieder ein, und ich fand es ärgerlich, dass
ich den Berliner Abonnenten unserer Zeitschrift
nicht nachweisen konnte, wie viel auf geheimnis-
volle Weise Verwildertes sie unmittelbar vor ihrer
Haustür hatten. Im Übrigen gab es noch andere
Dinge, die es ratsam erscheinen ließen, das Grundstück hinter dem verrosteten Zaun nicht aus den
Augen zu verlieren.

Irgendwann, es war Mitte Mai, war Katzmann
am Telefon und erklärte, er müsse mich unbedingt
sprechen, und in dem Café, in dem wir uns trafen,
legte er mir ein Foto vor, das er vergrößert hatte
und auf dem, allerdings verschwommen, das Gesicht der Frau zu sehen war, der der Arzt aus dem
Taxi geholfen hatte.

»Du erinnerst dich?«

»Aber ja doch.«

»Hier«, sagte Katzmann und zog ein zweites
Foto aus der Mappe. »Hier«, wiederholte er. »Das
habe ich in einer Zeitung gefunden.«

Man sah das Gesicht einer Toten. »Unbekannte
ertrunken« stand da als Überschrift, und es war
auch für mich unverkennbar, dass es ein und dieselbe Person sein musste, die wir auf beiden Fotos

vor Augen hatten. Wir bestellten etwas zu essen. Es dauerte eine Weile, bevor die Sandwiches kamen, und nachdem ich den letzten Bissen hinuntergeschluckt und mir den Mund abgewischt hatte, sagte ich:

»Was beweist das schon.«

»Zumindest, dass er sie, bevor sie ins Wasser ging, untergehakt hielt«, antwortete Katzmann und riet mir, in der Sache etwas zu unternehmen.

»Unternehmen. Wie stellst du dir das vor! Soll ich zur Polizei gehen und Anzeige erstatten?«, wandte ich ein, suchte aber, nachdem wir uns verabschiedet hatten, einen Bekannten auf, der sich im Berliner Ärztemilieu auskannte. Ich erwähnte den Namen Escherich, und nun erfuhr ich, dass dieser Mann vor längerer Zeit im Begriff gewesen war, als Facharzt der Psychiatrie Karriere zu machen, bis er in einen Skandal verwickelt und gezwungen worden war, die Stadt zu verlassen. Man habe ihn vergessen, und es sei auch nicht bekannt, dass er wieder aufgetaucht sei, um an einem unauffälligen Ort zu praktizieren.

»Hat er sich etwas zuschulden kommen lassen?«, fragte ich.

»Nicht dass ich wüsste. Es war wohl eine unerlaubte Art von Sterbehilfe.«

Ich bedankte mich, fand es nur selbstverständlich, dass dem Bekannten alle weiteren Umstände, die den Psychiater betrafen, gleichgültig waren, und natürlich erwähnte ich mit keinem Wort, welchen Grund ich gehabt hatte, mich nach ihm zu erkundigen.

Tage später war ich wieder in dem Zimmer mit den hohen Fenstern, aber es gelang mir nicht, was ich doch vorhatte, zur Sache zu kommen. Ja, zur Sache! Denn was hätte jener, der mir wieder mit Schreibblock und Kugelschreiber gegenübersaß, antworten können, wenn ich ohne alle Umstände die beiden Fotos aus der Jackentasche gezogen hätte! Auch musste ich nicht, wie beim erstenmal, irgendwie höflich auf der vorderen Kante des Stuhls sitzen, um, nach Worten suchend, meine Anwesenheit plausibel zu machen. Nein! Jetzt wusste ich, dass die Überlegenheit des anderen auf tönernen Füßen stand. Er war es schließlich, der gezwungen gewesen war, seine Karriere abzubrechen, um hier in aller Stille etwas zu tun, was, auch wenn man allerbesten Willens war, undurchsichtig genannt werden musste.

»Wie geht es Ihnen?«, fragte der Arzt.

»Besser«, antwortete ich.

»Hören Sie immer noch ein gelegentliches Weinen? Ich habe«, fügte der Arzt hinzu, »um Sie nicht nochmals zu irritieren, die Tür in meinem Rücken geschlossen.«

Dabei schaltete er die Lampe mit dem grünen Schirm ein, und er musste, obwohl er nicht hinsah, die Bewegung bemerkt haben, mit der ich nach den Fotos in meiner Jackentasche griff, denn er fragte:

»Haben Sie etwas mitgebracht, was Sie mir zeigen wollen?«

»Nein«, sagte ich und ließ die Fotos augenblicklich wieder los.

Und nun waren wir zum zweitenmal, was ich lächerlich fand und was ich hatte vermeiden wollen, in eine Art Therapiegespräch verwickelt, obwohl ich nicht bestreiten konnte, dass der Arzt berechtigt war, mein Benehmen bei meinem letzten Besuch, ich war grußlos gegangen, hatte auch keinen neuen Termin vereinbart, nochmals zu erwähnen. Wir wurden unterbrochen. Die Sprechstundenhilfe trat ein, genauer: Die Tür zum Vorzimmer wurde geöffnet, für Augenblicke sah man ihr Gesicht. Der Arzt erhob sich, um mich, er murmelte eine Entschuldigung, allein zu lassen. Man vernahm ein vielstimmiges Durcheinander. Da war eine aufgeregte Frauenstimme, jemand schien sich zu beschweren. Einmal glaubte ich den Namen »von Wertebach« zu hören, und immer wieder war da die Stimme der Sprechstundenhilfe, die sich zu rechtfertigen schien, und der Arzt schien damit beschäftigt zu sein, beide Frauen zu beruhigen.

Was ihm offenbar gelang, denn irgendwann, es geschah schlagartig, redete niemand mehr. Man hörte Schritte im Nebenraum. Ein, zwei Minuten musste ich noch warten, dann kam der Arzt zurück und ließ die Tür in seinem Rücken wieder einen Spaltbreit offen. Er setzte sich an den Schreibtisch. Und war da nicht etwas, auf das ich hatte achten wollen, das mir aber, weil ich mich abgelenkt fühlte, beinahe entgangen war? Ich hob den Kopf.

»Hören Sie wieder jemanden weinen?«, fragte der Arzt.

»Schon möglich«, antwortete ich.

»Falls Sie Hilfe nötig haben …« Der Arzt drehte sich zur Seite, griff in ein Regal, zog einen Terminkalender hervor, in dem er zu blättern begann. »Falls Sie Hilfe nötig haben«, wiederholte er, »wir bräuchten zur Überwindung Ihres Zustandes, der sich offenbar verfestigt hat, keine vier Wochen. Das erste Mal würden wir uns, wenn es Ihnen passt, am 10. Mai treffen, und am 3. Juni wäre die Behandlung abgeschlossen.«

»Abgeschlossen!«

»Ja. Ich würde die Sache nicht unterschätzen«, sagte Escherich und mit einer Selbstverständlichkeit, die es mir unmöglich machte, diese Unverschämtheit, anders konnte ich sein Benehmen nicht deuten, abzuwehren.

Er bat mich, mit der Sprechstundenhilfe einen weiteren Termin zu vereinbaren, und keine fünf Minuten später hielt ich einen Zettel in der Hand, auf dem ich mich verpflichtete, falls ich die nächste Verabredung, es war ein Mittwoch, nicht würde einhalten können, mindestens vierundzwanzig Stunden vorher abzusagen.

Als ich ins Auto stieg, hatte ich Mühe, mich zu konzentrieren. Für Augenblicke, während ich in der Koenigsallee unterwegs war, kam mir die Gegend, die ich vor Augen hatte, nicht mehr ganz so vertraut vor. Dabei war es nur jene Kurve an der Erdener Straße, in der das Tempo von dreißig Stundenkilometern vorgeschrieben war, und jene Villa auf der Höhe der Delbrückstraße, hier konnte man wieder Gas geben, und dass ich, um in meine Wohnung zu kommen, den Umweg über das Krankenhaus in der Taubertstraße nahm. Auf der Treppe zog ich die beiden Fotos aus der Jackentasche. Unter der Leselampe war ich in der Lage, sie aufmerksamer zu betrachten, und da ich bei dem Arzt hinter der verschlossenen Tür wieder ein Weinen gehört hatte, kamen mir Zweifel, ob es wirklich ein und dieselbe Person war. Auf dem ersten Foto, das vergrößert, aber unscharf war, konnte man lediglich den Mund und die Stirn erkennen.

›Sie ist keine Vierzig‹, dachte ich. ›Und jene auf dem zweiten Foto wirkt wesentlich älter. Obwohl‹, dachte ich, ›wenn man eine Weile im Wasser gelegen hat, wird alles unkenntlicher.‹

Das unscharfe Foto schob ich zur Seite, das Foto mit der Toten hingegen, das eingerissen war, zog mich unwiderstehlich an, und mir fielen, während ich immer wieder hinsah, ein paar Zeilen von Trakl ein, die ich irgendwann einmal gelesen hatte:

»Es klagt ein Herz: Du findest sie nicht,
Ihre Heimat ist wohl weit von hier,
Und seltsam ist ihr Angesicht!
Es weint die Nacht an einer Tür!«

9

Irgendwann gab es zwischen Katzmann und mir Differenzen. Er hatte ein neues Projekt vorgeschlagen, das, wie ich fand, nicht seriös war. Es war eine Anlage im Trentino. Man hatte lebende Pflanzen zu Figuren zurechtgeschnitten und in einer Waldschneise zur Schau gestellt. Es war kein eigentlicher Park, eher eine Gelegenheit zum Event, um Touristen anzulocken. Nicht der Rede wert, wie ich fand. Katzmann reagierte gereizt.

»Na gut«, sagte er, »dann gehen wir an den Halensee zurück und grüßen deinen Therapeuten. Hat er dich wieder beunruhigt?«

»Allerdings«, antwortete ich, in der Absicht, dieser Anspielung, die ich unfair fand, nicht auszuweichen.

»Und was hat er gesagt?«

»Dass man, nachdem man in die Welt hineingekommen ist, irgendwann wieder hinausmuss.«

»Große Wahrheit.«

»Das gilt auch für dich.«

»Ja, aber nicht jetzt, später.«

»Da wäre ich nicht so sicher«, sagte ich und sah auf die Zigarette, die Katzmann zwischen den Fingern hielt.

Katzmann wurde blass. Ich habe bis jetzt unerwähnt gelassen, dass der Fotograf, und dies nach zwei chirurgischen Eingriffen, immer noch Kettenraucher war. Wir schwiegen, spürten, dass wir hier, und auf übermütige Weise, Dinge berührten, die wir nicht im Griff hatten. Katzmann drückte die Zigarette aus, saß, den Rücken an der Stuhllehne, die Hände auf den Knien, bewegungslos da, und es war unverkennbar, dass er, der überaus nüchtern veranlagte Katzmann, für Augenblicke bereit war, etwas, was er sonst mit einem Lächeln abgetan hätte, ernsthaft zu erörtern. Ich gestand, dass ich in Schwierigkeiten war.

»Du hast mich dazu gedrängt«, sagte ich, »Nachforschungen anzustellen. Aber er«, und damit meinte ich den Arzt, »behandelt mich wie einen Patienten, so dass ich es nicht einmal geschafft habe, die Fotos aus der Jackentasche zu ziehen. Und es gibt Dinge, die mich verunsichern. Wenn es wirklich ein und dieselbe Person sein sollte, die dort abgebildet ist, und es ist so, davon habe ich mich nochmals überzeugt, warum ist da immer noch dieses Weinen. Ja, dieses Weinen«, fügte ich hinzu, »von dem ich nicht sagen kann, ob ich es mir einbilde oder nicht.«

Ich genierte mich, und es wäre besser gewesen, das Ganze als unerheblich abzutun, denn jetzt glaubte Katzmann, man müsse die einfachsten Dinge und in der gebotenenen Nüchternheit erst einmal klären.

»Wo genau«, fragte er, »hast du jemanden weinen gehört?«

»Hinter der Tür.«

»Hinter welcher Tür?«

»Hinter der Tür, die der Arzt einmal offen, einmal geschlossen in seinem Rücken hat.«

»Und wer weint dort?«

»Ja, wenn ich das wüsste.«

»Und warum bist du nicht zur Tür gegangen? Ein Griff zur Klinke und du hättest gewusst, ob dahinter jemand weint oder nicht.«

Darauf blieb ich die Antwort schuldig. Katzmann erhob sich, ging zum Kühlschrank, nahm eine Flasche Bier heraus, schob mir eines der beiden Gläser, die er vollgefüllt hatte, über den Tisch hinweg zu. Er schien besorgt zu sein, auch irgendwie ratlos, vielleicht, weil er merkte, dass ich mich entzog, und so sagte er:

»Trink erst mal einen Schluck. Und wenn dir alles zu viel wird, ich bin gern bereit, dir zu helfen. Du müsstest mir nur sagen, was ich tun soll.«

10

In der folgenden Nacht lag ich lange wach, und ich beschloss, und ohne mich mit Katzmann darüber zu beraten, den Namen »von Wertebach« ausfindig zu machen. Genauer: Ich notierte mir jene drei Rufnummern, die in dem Telefonbuch unter diesem Namen eingetragen waren, gab vor, im Auftrag von Professor Escherich anzurufen, aber ich bekam nirgends die Bestätigung, auf die ich hoffte. Es gab keine Frau von Wertebach, die sich am Ufer des Halensees einer psychiatrischen Behandlung unterzog. Kein Zweifel: Ich war dabei, mich lächerlich zu machen.

Aber da waren die Fotos, die ich immer wieder zur Hand nahm, da waren die Zeilen von Trakl, die mir immer wieder einfielen, da war jenes unerklärliche Weinen, und in einem musste ich dem Arzt recht geben: Mein Zustand, der dies alles über Gebühr ernst nahm, hatte sich verfestigt, so dass ich, wenn ich nur an das Zimmer mit den hohen Fenstern dachte, den unwiderstehlichen Wunsch verspürte, der Sache, und sei es mit ungewöhnlichen Mitteln, auf den Grund zu gehen.

›Warum eigentlich nicht‹, dachte ich und nahm mir vor, den verwilderten Park, den ich tagsüber von einem Winkel zum anderen durchstöbert hatte, auch einmal nachts aufzusuchen.

Es war Anfang Mai, und da es ungewöhnlich warm war, hatten die meisten Bäume ihr Laub ausgetrieben, so dass die Sicht auf den See von der Höhe der Bronzeschale aus nicht mehr möglich war. Aber da war immer noch der blasse, ins Hellgrau hinüberspielende Schein, der, auch nachdem die Sonne untergegangen war, für längere Zeit anhielt. Die Bronzeschale war voller Wasser, und das faulende Laub auf ihrem Grund verbreitete einen säuerlichen Geruch. Ich schob das Astwerk zur Seite, das den Kopf der Frauenbüste verdeckte, bemerkte, wie wenig verwittert sie war. Bis auf die Augen, ja, die Augen hatte der Regen ausgewaschen, so dass sie wie erloschen wirkten. Weiter nach rechts zu herrschte schon Dunkelheit. Hier erhob sich wie ein Schatten die Silhouette des steinernen Gebäudes. Man konnte weder die hohen Fenster noch den Eingang erkennen. Ich war sicher, dass die Arztpraxis verlassen war, wollte aber noch eine halbe Stunde warten, und so überließ ich mich, indem ich den Park musterte, einem Eindruck, den ich sonst unbeachtet gelassen hätte. Ich sah in der Dämmerung nicht nur das frische Grün der Linden und Buchen und dass das Farnkraut unter dem Brombeergestrüpp auszutreiben begann, ich sah auch die abgesägten Baumstümpfe und das zerbröckelnde Fundament unter der Bronzeschale und wie schief und beziehungslos die Frauenbüste in deren Nähe gerückt worden war.

›Es ist keine Ewigkeit her‹, dachte ich, ›da heulten hier die Sirenen, und die Villa, falls es eine gab, wurde durch Bomben zerstört, und die Regellosigkeit, die sich jetzt zu einer Idylle fügt, war ganz und gar unbeabsichtigt.‹

Und nun geschah etwas, das mir die Nähe und Vertrautheit all dessen, was ich vor Augen hatte, wieder entzog. Plötzlich tauchte ein Taxi mit abgeblendeten Scheinwerfern auf. Ich hörte die Sprechstundenhilfe, die von einem Fenster her, das jetzt erleuchtet war, dem Arzt, der am Straßenrand stand, etwas zurief. Dieser wandte sich kurz nach ihr um, bevor er die hintere Wagentür öffnete und einer Frau beim Aussteigen behilflich war. Es war der gleiche Vorgang, den ich schon einmal, nur aus entgegengesetzter Richtung, vom Ufer des Sees her, beobachtet hatte, und hätte ich jetzt, wie Katzmann damals, einen Fotoapparat zur Hand gehabt, ich hätte mit einem einfachen Druck auf den

Auslöser das, was dort geschah, dokumentieren können.

›Und wieder hält er sie untergehakt‹, dachte ich und sah zu, wie die beiden, indem sie leise miteinander redeten, auf das Gebäude zugingen, und da das Licht hinter dem offenen Fenster erlosch, konnte ich nicht sagen, wohin der Arzt mit jener, die wir nicht kannten, die uns aber immer wieder Anlass zu Vermutungen gegeben hatte, verschwand.

Ich wartete darauf, dass sich das Taxi, das vor dem Gartentor stand, in Bewegung setzen würde, und da die Straße eng war, folgte ein umständliches Manövrieren. Drei-, viermal fuhr der Wagen, indem er wendete, vorwärts und wieder zurück, und nachdem er verschwunden war, hatte ich Mühe, mich aus dem Brombeergestrüpp, das die Bronzeschale umwucherte, zu befreien. Ich stolperte über mehrere Baumstümpfe auf jene Silhouette zu, an der nun alles wieder ununterscheidbar war. Vor dem mit Ziegelsteinen umsäumten Weg stieß ich gegen eine kniehohe Barriere, und als ich das Fenster, aus dem die Sprechstundenhilfe dem Arzt etwas zugerufen hatte, erreichte, sah ich, dass es sperrangelweit offen stand. Dies hätte mich unter anderen Umständen dazu veranlasst, wieder zu gehen. Denn wer wäre schon so dreist gewesen, an einem offengelassenen Fenster wie ein Dieb oder wie ein Voyeur darauf zu achten, was in einem fremden Haus geschieht. Aber nun hörte ich, worauf ich gewartet hatte, nämlich ein verhaltenes Weinen, und wieder kam es, ich beugte mich weit über die Fensterbrüstung, aus dem Zimmer hinter der angelehnten Tür. Zwei, drei Bewegungen, dann hatte ich das Fenster im Parterre überwunden. Ich sah die Liege, den Schreibtisch, die Lampe mit dem grünen Schirm.

»Frau von Wertebach!«, rief ich, griff, wie Katzmann es mir geraten hatte, zur Klinke, riss die Tür auf. »Frau von Wertebach!«, rief ich.

Es war eine Geste äußerster Ungeduld. Aber ich trat nicht über die Schwelle, stand immer nur da, sah durch die offene Tür, konnte, da es auch im Nebenzimmer dunkel war, nichts erkennen, und irgendwann war das Weinen nicht nur hinter der Tür, sondern auch im Garten deutlich zu hören, und es war durchaus denkbar, dass der Arzt das Zimmer, in das ich hineinsah, längst verlassen hatte, und dass er dabei war, jene, die ich eben noch beim Namen gerufen hatte, an dem Pavillon vorbeizuführen. Und wo war die Sprechstundenhilfe? War sie wieder damit beschäftigt, mit einer Schere die Rhododendronsträucher an dem schmalen, von Ziegelsteinen umsäumten Weg zurechtzuschneiden?

11

Am nächsten Tag versäumte ich, indem ich das Radio ununterbrochen laufenließ, keine der allerneuesten Lokalnachrichten. Ich wollte erfahren, ob es wieder nötig gewesen war, die Feuerwehr an das Ufer des Halensees zu schicken. Voller Unruhe war ich mit meinem Wagen unterwegs, und als ich den Rathenauplatz erreicht hatte, widerstand ich der Versuchung, in Richtung Halensee einzubiegen, weil ich wusste, dass dort inzwischen das Freibad eröffnet worden war.

›Die Strände werden überfüllt sein. Also kommen einem ständig Hunde und Radfahrer entgegen. Das würde mir auf die Nerven gehen‹, dachte ich.

Und schließlich: Was sollte es für einen Sinn haben, dort jemanden zu fragen, ob er Zeuge eines Unfalls gewesen sei, wo doch das, worüber ich etwas erfahren wollte, offenbar nachts und unter Ausschluss der Öffentlichkeit geschehen war.

Ich fuhr in die Innenstadt, erledigte einige Einkäufe. Als ich in die Brieftasche griff, entdeckte ich den Zettel, den mir die Sprechstundenhilfe in die Hand gedrückt hatte, und ich sah, dass mein nächster Termin bei dem Arzt auf einen Mittwoch, also für den nächsten Vormittag, festgesetzt war. Noch wäre es möglich gewesen, ihn abzusagen. Aber ich schob den Zettel in die Brieftasche zurück, und zur verabredeten Zeit, es war das fünfte Mal, war ich wieder in dem Zimmer mit den hohen Fenstern, und wieder saß mir der Arzt gegenüber, wir hatten nur den Schreibtisch zwischen uns, und die grüne Lampe war, obwohl die Sonne schien, eingeschaltet, und wieder geschah etwas, auf das ich nicht vorbereitet war.

»Sie waren neulich etwas zu früh im Haus, oder sagen wir zu einer völlig unpassenden Zeit, und es brannte, soweit ich mich erinnern kann, nirgendwo Licht«, erklärte Escherich.

Er lächelte, und es war vollkommen klar, dass er mich in Verlegenheit bringen wollte, denn er kam sofort auf Frau von Wertebach zu sprechen.

»Ich verstehe Ihre Sorge und dass Sie sich genötigt fühlten, ihren Namen zu rufen«, sagte der Arzt. »Aber der Fall von Wertebach liegt schon längere Zeit zurück. Zugegeben, sie machte es sich nicht leicht. Aber zuletzt«, fügte er hinzu, »zuletzt kam alles zu einem guten Ende.«

Er redete weiter, ohne sich darum zu kümmern,

ob ich das, was er mir zu sagen hatte, billigen würde. Denn er gestand unverblümt ein, dass er jemandem, der sterbenskrank gewesen sei, dies aber nicht wahrhaben wollte, dass er Frau von Wertebach geholfen habe, das, was nun einmal und für jeden unabdingbar sei, zu akzeptieren.

»Bei Ihnen«, fügte er hinzu, »liegt die Sache offenbar ganz anders. Sie sind gesund und, wenn ich nicht irre, keine achtundvierzig Jahre alt, und doch haben auch Sie alles, was das Leben zu bieten hat, wie man so sagt, mehrmals umschritten. Es gibt eine gewisse Art von Ermüdung, die zur Entscheidung drängt. Nicht jeder kann sich, und dies bis ins hohe Alter hinein, immer nur wiederholen.«

Ich schwieg, wehrte mich dagegen, dass er alles, was meine angebliche Ermüdung betraf, ausführlich zu erörtern begann. Dies ging über gute zehn Minuten. Ich wurde unruhig, wollte den Arzt unterbrechen.

»Machen Sie sich keine Sorgen. Ich schreibe gern für die Zeitschrift ›Gartenbaukunst‹, auch wenn ich mich dabei gelegentlich wiederhole«, wollte ich sagen, ertappte mich aber dabei, wie ich stattdessen auf die Hände des Arztes sah, die in ständiger Bewegung waren.

Er führte sie hierhin und dorthin, so dass sie in einem weiten Bogen Kreise in die Luft malten, dann wieder führte er sie zusammen, so dass sich die Finger berührten, und während ich dies beobachtete, musste ich mir eingestehen: Wenn dieser Mann es geschafft haben sollte, Frau von Wertebach und womöglich auch noch andere in den Halensee zu drängen, dann war es für mich höchste Zeit, hier ein für allemal zu verschwinden! Ein kurzer Wortwechsel noch. Ich erklärte, dass ich kein Interesse hätte, weiter zuzuhören.

»Und was die Art Ihrer Hilfe angeht, Sie waren schon einmal gezwungen, Berlin deswegen zu verlassen«, sagte ich etwas zu laut und sah, dass die Sprechstundenhilfe schon die Tür zum Vorzimmer offen hielt.

Am Abend desselben Tages stand ich, es war das letzte Mal, am westlichen Ufer des Halensees und hatte ein schlechtes Gewissen. Vielleicht hatte ich dem Arzt unrecht getan, denn immerhin: Wenn er Leuten das Sterben erleichterte, war dies, und vor allem, weil es verboten war, keine Gelegenheit zur Karriere.

›Im Gegenteil. Er riskiert, wenn die Sache publik wird, seine Approbation‹, dachte ich. Andererseits gab es Umstände, die es mir unmöglich machten, mit dem Mann zu sympathisieren, und ich hatte den Verdacht, dass er bei dem, was er tat, auch noch so etwas wie Genugtuung empfand. ›Sein Benehmen ist ganz und gar undurchsichtig‹, dachte ich.

Oder war ich es selbst, der sich über Dinge, die sich nicht klären ließen, unnötige Gedanken machte? Wie eben jetzt. Ich hatte den See vor Augen, es war windstill, die Wasserfläche lag bewegungslos da, und ich kam von der Vorstellung nicht los, dass es solch eine Stimmung gewesen sein musste, als Escherich Frau von Wertebach zur Treppe mit den meterlangen Steinstufen geführt hatte.

›Unvorstellbar, dass er sie dabei untergehakt hielt. Und vielleicht war er gar nicht dabei‹, dachte ich und war schon mit dem nächsten Gedanken beschäftigt, nämlich wie denn das Sterben in diesem See überhaupt vor sich ging.

›Man geht unaufhörlich auf das Wasser zu und bemerkt gleichzeitig, wie unwiderruflich alles, was man vor Augen hat, von einem abrückt. Zuletzt ist man allein. Und gerade dadurch‹, dachte ich, ›verliert man sich selbst, und vielleicht, aber wer könnte dies mit Sicherheit sagen, ist es das, was das Sterben zuletzt doch noch erlebbar macht.‹

Die Kränkung

I

Ernst Senneiser war vor Jahren noch ein berühmter Schauspieler, und er konnte von sich behaupten, dass man ihn auf der Straße, falls man ihn wiedererkannte, mit Bewunderung und Hochachtung grüßte. Aber irgendwann, vielleicht weil er von Wien nach Berlin gezogen war, erkannte ihn niemand mehr, und auch nach einer Vorstellung, wenn es vor der Pförtnerloge ein kurzes Gedränge gab, um einen Hauptdarsteller des Abends noch einmal zu sehen, blieb er unbeachtet.

Er ging auf ein Taxi zu, umständlich setzte er sich auf einen der Rücksitze, wartete darauf, dass der Fahrer die Wagentür schloss. Ein kurzes Kopfnicken, dann fuhr Senneiser in Richtung Brandenburger Tor und darüber hinaus nach Charlottenburg bis zur Grolmanstraße, wo er eine Dreizimmer-Wohnung gemietet hatte. Es war aber auch möglich, dass er, kaum hatte sich das Taxi in Bewegung gesetzt, die Bitte äußerte, man möge ihn keine hundert Meter weiter am Schiffbauerdamm entlang zur

Albrechtstraße fahren, dann in die Reinhardtstraße bis zu einem kleinen Restaurant, wo jemand auf ihn wartete.

Mitte Februar feierte Senneiser seinen dreiundsiebzigsten Geburtstag, kein hohes Alter heutzutage, wo es Kollegen gab, die noch mit achtzig ohne größere Beschwerden auf der Bühne standen. Er hatte einen neuen Freund, der fast vierzig Jahre jünger war als er, und in Wien wäre dies für ihn eine Gelegenheit gewesen, sich in der Kantine des Theaters den Kollegen zu zeigen.

O ja, die Geburtstage dieses Schauspielers und seine ständig neuen Liebschaften waren immer mit freundlichem Hallo begrüßt worden, und Senneiser selbst hatte diese an Zuneigung grenzende Aufmerksamkeit mit Champagner erwidert. Jetzt saß er mit dem neuen Freund abseits an einem kleinen Tisch, auf dem eine Kerze brannte. Neben seinem Teller lagen zwei Päckchen, offenbar Geschenke, die Senneiser noch nicht ausgepackt hatte. Sie tranken Rotwein, und nachdem sie gegessen hatten, lehnte Senneiser es ab, gemeinsam in die Grolmanstraße zu fahren. Er fühlte sich nicht wohl, wollte aber nicht darüber sprechen. Dies musste der Freund akzeptieren, und als sie sich verabschiedet hatten, durfte man sich fragen, warum Senneiser, es war ein Uhr nachts, zur Straße Am

Zirkus und darüber hinaus in Richtung Theater unterwegs war.

Er räusperte sich, musste niesen, umständlich versuchte er, während er unter einer Bogenlampe stand, das nächste Päckchen Tempotaschentücher, das er aus der Hosentasche zog, zu öffnen.

2

Senneiser galt als äußerst zuverlässig. Zwar hatten sich die Zeiten geändert, die Art des sorgfältigen Sprechens und die Präzision der Gesten, die ihn berühmt gemacht hatten, waren nicht mehr gefragt, aber er hielt sich wie eh und je an das, was auf den Proben vereinbart worden war, so auch, wenn er den Polonius spielte, jenen berühmten alten Mann, dem es nicht gelungen war, die Tochter vor den Zudringlichkeiten eines verrückten Prinzen zu bewahren.

Sicher, neuerdings kam es vor, dass Senneiser sein Verschwinden hinter dem Vorhang hinauszögerte, indem er, was nicht abgesprochen war, zur Rampe ging, und den entscheidenden Satz: »Ich will mich still verbergen«, der für Hamlet das Zeichen zum Auftritt war, sprach er etwas zu leise, so dass die Szene, nachdem er sich endlich versteckt hatte, für Augenblicke ins Stocken geriet. Dann entschuldigte er sich nach der Vorstellung und versprach, sich an die Abmachungen zu halten, aber obwohl er den

Gang zur Rampe unterließ, blieb da immer ein leichtes Zögern. Was folgte, kam rasch: Kaum war Hamlet aufgetreten, kaum hatte er die Mutter zur Rede gestellt, rief sie schon um Hilfe, und ehe Senneiser hinter dem Vorhang antworten konnte, hatte Hamlet mit den Worten »Wie? Was? Eine Ratte? Tot! Für 'nen Dukaten tot!« zugestochen, und Senneiser war gezwungen, indem er den Vorhang herunterriss, sein kunstvolles Sterben vorzuführen.

Wie lange war der »Hamlet« schon auf dem Spielplan? Anderthalb Jahre, und Senneiser konnte nicht damit rechnen, dass diese erfolgreiche Inszenierung in nächster Zeit abgesetzt werden würde.

›Warum auch‹, dachte er, bedauerte aber, dass er sich, nachdem er leblos auf den Vorhang gefallen war, von der Bühne schleifen lassen musste.

Sicher, es war im Stück so vorgeschrieben, dafür konnte er niemanden verantwortlich machen. Aber da war, und dies wäre nicht nötig gewesen, jene Geste der Verachtung, die es Hamlet möglich machte, das Publikum zum Lachen zu bringen, über jemanden, der immerhin vom Leben zum Tode befördert worden war. Und wenn Senneiser sich hinter der Kulisse wieder erhob, konnte es vorkommen, dass er, obwohl er wusste, wie unsinnig es war, für Augenblicke darauf achtete, ob die Heiterkeit im Publikum anhielt oder ob da nicht doch irgendwelche Anzeichen von Betroffenheit auszumachen waren. Und wie oft hatte er sich vorgenommen, die Sterbeszene abzukürzen oder wenigstens bescheidener ausfallen zu lassen. Aber es war sein größter Auftritt, und Senneiser selbst hatte auf den Proben darauf bestanden, dass er ihn besonders effektvoll in Szene setzen durfte.

›Wie also‹, dachte er, ›soll ich den anderen jetzt verständlich machen, dass mir das Ganze irgendwie zu viel wird. Ja, zu viel‹, dachte Senneiser und stand bei der nächsten Vorstellung, statt rasch hinter den Vorhang zu treten, erst einmal wieder an der Rampe.

3

Es kränkt mich‹, dachte Senneiser, ›dass sie neuerdings die Tür zur Seitenbühne nicht richtig schließen, so dass ich mich erkältet habe, weil es zieht.‹

Er hatte ein dickeres Unterhemd angezogen, aber natürlich: Das Kostüm, das er zu tragen hatte, war viel zu dünn, und der Hals musste frei bleiben, so dass er gezwungen war, bevor er die Bühne betrat, den Schal, mit dem er sich schützen wollte, abzunehmen.

Am nächsten Tag war Senneiser beim Intendanten und beschwerte sich darüber, dass es auf der Bühne zu kalt sei und dass er die Halsschmerzen, unter denen er seit Wochen litt, nicht loswerden könne, dafür machte er die Sterbeszene verantwortlich.

»Aber Herr Senneiser!«, sagte der Intendant und schien amüsiert zu sein.

Er kippelte mit seinem Stuhl hin und her, wollte wissen, worin das Problem bestand und warum

Senneiser, obwohl er mit dem letzten Auftritt einen derartigen Erfolg hatte, das Ganze plötzlich in Frage stellte.

»Wir haben die Szene gründlich probiert, und Sie waren einverstanden.«

Senneiser schwieg.

»Tja«, sagte der Intendant. »Was schlagen Sie vor? Wie können wir Ihnen helfen!«

Das Telefon klingelte, die Sekretärin stand auf der Schwelle zur Tür, Senneiser musste sich eingestehen, dass er störte, und im Grunde gab es nichts zu besprechen, es sei denn, er hätte darauf bestanden, die Rolle des Polonius abzugeben. Davon konnte keine Rede sein, und wenn dies so war, wenn Senneiser, es war jetzt die sechsundsiebzigste Vorstellung, bis vor kurzem keinerlei Probleme gehabt hatte, dann war es ihm zuzumuten, sich, auch wenn er neuerdings gewissen Stimmungen unterworfen war, zu disziplinieren. Das heißt, sobald er die Bühne betreten hatte und die Scheinwerfer auf ihn gerichtet waren, musste er spielen, so auch am nächsten Abend, als er sich vornahm, den Gang zur Rampe, der nicht verabredet war, endlich und ein für allemal zu unterlassen.

Auf dem Korridor zu den Garderoben hatte er noch mit dem Darsteller des Hamlet einige Worte gewechselt und ihn gebeten, auf die Geste der Verachtung am Ende der vierten Szene des dritten Aktes zu verzichten, kam aber nicht dazu, sich näher zu erklären. Er wusste, wie unmöglich es war, derartige Dinge kurz vor der Vorstellung ernsthaft zu bereden. Also sah er dem anderen nach, sah, wie eilig jener hinter der Garderobentür verschwand, und als es so weit war, als Senneiser aus der Seitenbühne trat und jenen Sechszeiler zu sagen hatte, der die Königin darauf vorbereiten sollte, ihren Sohn zu sehen und ihm ins Gewissen zu reden, spürte er einen leichten Schwindel. Genauer: Er hatte Mühe, alles um sich herum mit äußerster Konzentration, so wie es nötig gewesen wäre, wahrzunehmen. Die Bühne, der Zuschauerraum, die Königin rückten in langsamer, wellenartiger Bewegung von ihm ab, aber nur für Sekunden. Das Rufen des Prinzen »Mutter, Mutter, Mutter« hörte er wieder vollkommen scharf, ebenso die Aufforderung der Königin, sich zu verstecken. Er trat hinter den Vorhang.

Was folgte, war sein kunstvolles Sterben und jener berühmte Ausbruch des Prinzen gegen die Mutter, in der er ihr den Mord an dem Vater vorwirft. Dies dauert und dauert, bis sich der Geist des Toten schützend vor die Königin stellt. Aber auch danach wollen die Worte, den Zustand des Todes betreffend und wie damit umzugehen sei, nicht enden. Gut, das betraf den ermordeten König, aber dass er, Senneiser, der den Polonius spielte, während der ganzen Zeit ebenfalls tot, aber völlig unbeachtet auf dem schweren Brokat mit dem aufgestickten Wappen liegen musste…

›Man kommt auf dumme Gedanken‹, dachte Senneiser und spürte, wie ihm der linke Arm gefühllos wurde. ›Geduld‹, dachte er, ›ich habe schon viele Leute überlebt, auch wenn es nur Bühnenfiguren waren. In meiner Jugend den von der Schwindsucht gezeichneten Lyngstrand in Ibsens ,Frau vom Meer‘, den ich, obwohl er nicht stirbt, darauf angelegt hatte, dass dies jederzeit hätte geschehen können, dann den Johannes in Hauptmanns ,Einsame Menschen‘, den Achill in der ,Penthesilea‘, den Ferdinand in ,Kabale und Liebe‘ und vieles andere mehr, was ich inzwischen vergessen habe, und jetzt versuche ich‹, dachte Senneiser, ›den Polonius zu überleben, in ebenjenem Stück, in dem ich früher einmal als Laertes gestorben war.‹

4

Übers Wochenende flog Senneiser mit seinem neuen Freund nach Wien. Dies hatte er, seit er die Stadt verlassen hatte, immer vermieden, aber jetzt, nachdem sie in einem Hotel in der Lerchenfelder Straße abgestiegen waren, fühlte er sich in der Lage, in Richtung Volksgarten zu schlendern, um die vertraute Gegend wiederzusehen. Rechts ging es in Richtung Oper, links, und dies war ein Weg, den Senneiser tagtäglich benutzt hatte, zum Burgtheater. Dorthin waren beide unterwegs, aber als sie den Volksgarten verließen und den imposanten Bau vor Augen hatten, bog Senneiser plötzlich, statt sich den Schaukästen des Theaters zu nähern, in die Löwelstraße ein.

Er blieb stehen, musterte den Eingang zum Foyer und die Fenster in der oberen Etage, ganz so, als erinnerte er sich, was dahinter, als er noch dazugehörte, Abend für Abend geschehen war. Er rührte sich nicht, machte keinerlei Anstalten, die Löwelstraße zu überqueren, um, ja, warum nicht, das

Theater zu betreten, in der Hoffnung, diesem oder jenem Bekannten zu begegnen. Stattdessen drehte er sich abrupt um, die beiden gingen weiter, bis sie den Schottenring erreicht hatten, und hier erklärte Senneiser, dass er keine Lust mehr habe, er sei auch zu müde, in die Gablenzgasse zurückzugehen, um dem Freund, so war es ausgemacht, die Fassade und den schönen, ausladenden Balkon seiner ehemaligen Wohnung zu zeigen. Sie betraten ein Café, Senneiser, der immer noch erkältet war, zog seinen Schal enger, und der Freund versuchte, ihn bei guter Laune zu halten.

»Du bist in Wien«, sagte er, »in der Stadt, die dich bekannt gemacht hat. Und eben noch hast du dich gefreut, dies alles wiederzusehen.«

Senneiser sah auf die Straße hinaus, sah das Gedränge der Passanten und dass die Straßenbahnen Mühe hatten, in dem stockenden Verkehr, man hörte ihr ständiges Klingeln, voranzukommen, und er sprach davon, wie bedauerlich es sei, dass er in Wien nie die Möglichkeit gehabt hätte, den Polonius zu spielen.

»Vielleicht hätte ich hier«, sagte er, »kein Problem damit gehabt, hinter diesen berühmten Vorhang zu treten. Und dass einem dabei etwas Unwiderrufliches passiert, dies hätte ich in dieser Stadt leichter ertragen. Aber in Berlin«, fügte er hinzu,

»gelingt es mir nicht einmal, eine Erkältung loszu-
werden.«

Mehr wollte er nicht sagen, und der Freund war
sensibel genug, es dabei zu belassen, versprach aber,
sowie sie wieder in Berlin sein würden, sich eine
Vorstellung anzusehen. Dann verließen sie das Café
und waren, wohin, erübrigt sich bei der Fülle der
Möglichkeiten zu sagen, hierhin und dorthin unterwegs.

5

Nach dieser Reise hatte sich nichts gebessert. Im Gegenteil: Senneiser hatte wieder Grund, irritiert zu sein. Er stand an der Pförtnerloge, wunderte sich, warum man ihn – ›So lange kann es nicht dauern, einen Mantel zu holen‹, dachte er – warten ließ. Irgendwann hörte er ein Lachen, trat einige Schritte auf die Straße hinaus, und nun sah er, wie der Freund inmitten einer Gruppe junger Männer stand und wie sie sich amüsierten. Genauer: Man schien zu witzeln, der Freund tätschelte jemandem das Gesicht, bekam dafür ein paar kräftige Stöße mit dem Ellbogen, die er erwiderte, und was Senneiser besonders berührte, war der anzügliche Übermut, mit dem dies geschah.

›So kenne ich ihn gar nicht‹, dachte er, und als sie wieder in dem Restaurant nahe der Reinhardtstraße saßen, ärgerte er sich darüber, dass der Freund vollkommen ruhig, mit ernstem Gesicht, so wie Senneiser es gewohnt war, neben ihm saß.

›Vielleicht langweilt er sich, und ich bin ihm zu

alt‹, dachte er und war froh, als der Freund plötzlich von der Vorstellung, in der er vor einer Stunde
noch gesessen hatte, zu schwärmen begann.

Besonders gefiel ihm der überaus freche Hamlet
und dass dieser sofort und aus dem geringsten Anlass heraus bereit war, mit dem Degen herumzu-
fuchteln.

»Und wie er dich behandelt«, fügte der Freund
hinzu. »Wie einen alten Handschuh.«

Er kam auf Einzelheiten zu sprechen, aber wie
aufmerksam Senneiser auch zuhörte, er schien sich
immer nur für den Prinzen zu interessieren, ja für
den Prinzen, der immerhin in der vierten Szene
des dritten Aktes seinen Degen dazu benutzte, ihn,
Polonius, den er wie einen »alten Handschuh« behandelt hatte, umzubringen. Aber dies erwähnte
der Freund mit keinem Wort. Auch schien er den
Vorhang, hinter dem jenes Unwiderrufliche geschah,
nicht bemerkt zu haben.

›Und doch‹, dachte Senneiser, ›habe ich in Wien
darüber gesprochen, wie wichtig mir diese Szene
ist und dass ich neuerdings Mühe habe, damit zu-
rechtzukommen.‹

Er war enttäuscht, wehrte sich dagegen, dies dem
Freund in Rechnung zu stellen, und so kam er auf
andere Dinge zu sprechen, trank aber, was auffiel,
mehr Cognac, als er vertragen konnte, und als sie

gezahlt hatten, als sie sich erhoben, als ihm der Freund, der zur Garderobe gegangen war, in den Mantel helfen wollte, machte Senneiser eine abwehrende Bewegung mit der Hand.

6

Tage vergingen, und die Erkältung, unter der Senneiser litt, wollte sich nicht bessern.

›So etwas dauert normalerweise vierzehn Tage‹, dachte er, weigerte sich aber, irgendwelche Tabletten zu nehmen.

Er bekam Fieber, hatte Schweißausbrüche. Wenn er gezwungen war, ein paar Stufen hinaufzugehen, wurde ihm schwindlig. Im Bett dauerte es Stunden, bis er einschlief, weil er ständig seine Haltung korrigierte. Das heißt, er achtete darauf, dass er nicht wie auf dem Vorhang im Theater zu liegen kam, den Kopf im Nacken und mit angezogenen Knien.

Er beschloss zum Arzt zu gehen. Am nächsten Vormittag sah man ihn in einem Wartezimmer sitzen. Unübersehbar, dass er Hilfe brauchte, aber er hatte keine Geduld. Immer wieder ging er zum Fenster, das sich nicht öffnen ließ, und nach einer halben Stunde war der Stuhl, auf dem Senneiser gesessen hatte, leer, und ohne dass er beim Arzt gewesen wäre. Er fühlte sich besser so.

›Man weiß nie‹, dachte er, ›was man da zu hören bekommt.‹

Außerdem fiel ihm ein, dass er alles, was zur Bekämpfung einer Erkältung nötig war, im Badezimmerschrank liegen hatte. Wenig später stand Senneiser an der Rolltreppe eines großen Warenhauses und sah in Richtung Computerabteilung, dorthin, wo sein Freund als Verkäufer beschäftigt war. Er zögerte, achtete darauf, dass er von diesem, von dem er sich neuerdings missverstanden fühlte, nicht entdeckt wurde. Die Sorge war unbegründet. Zwar tauchte der Freund von weitem immer wieder auf, aber zwischen ihnen lagen die Tische und Stellagen der Elektroabteilung, und so konnte Senneiser längere Zeit in seiner Unentschlossenheit verharren. Er hustete, griff nach dem Päckchen mit den Tempotaschentüchern, sah erneut in Richtung Computerabteilung, zuletzt beschloss er, wieder zu gehen.

»Scham, wo ist dein Erröten. Wilde Hölle/empörst du dich in der Matronen Gliedern/so sei die Keuschheit der entflammten Jugend/wie Wachs und schmelz' in ihrem Feuer hin!« Diese Verse, die Hamlet der Königin in der vierten Szene des dritten Akts entgegenschreit, fielen ihm ein, und bevor er auf die Straße hinaustrat, kaufte er sich in der Parfümerieabteilung ein Fläschchen Aftershave.

›Was soll ich damit. Ich brauche etwas gegen meine Erkältung‹, dachte Senneiser, warf die Flasche in einen Abfalleimer, und wieder meinte er die auftrumpfenden Worte seines Rivalen zu hören, und nun ließ ihn der Gedanke nicht mehr los, dass er auch das Kreischen der Königin an diesem Abend nicht würde ertragen können.

Als es so weit war, als er auf dem Vorhang lag, überkam Senneiser ein Schüttelfrost, und es war ihm gleichgültig, ob es ihm gelang, da er doch erstochen worden war, die Beine ruhig zu halten. Er öffnete die Augen, sah, wie jener, den er allmählich zu hassen begann, völlig unangemessen mit seinem Degen herumfuchtelte, und das vor dem Gesicht einer wehrlosen Frau, die nun ihrerseits gezwungen war, darauf zu reagieren. Die beiden waren viel zu laut und mit aufgeregten, affektiert wirkenden Bewegungen auf der vollgestellten Bühne unterwegs, und es konnte vorkommen, dass der Darsteller des Hamlet oder die Königin selbst über ihn, den Toten, hinwegstolperten, so dass da vom Zuschauerraum her das bekannte Lachen zu hören war. Ja, dieses Lachen, das Senneiser sich, wenn er von der Bühne geschleift wurde, ob er es wollte oder nicht, gefallen lassen musste. Aber jetzt ...

Er spürte, dass es wieder zog, aber diesmal nicht von der offenen Tür der Seitenbühne her. Da der

Vorhang verrutscht war, konnte man durch einen Spalt hindurch auf die Unterbühne sehen, von der kalte Luft eindrang. Es roch nach Eisen und altem Maschinenöl.

»Scham, wo ist dein Erröten. Wilde Hölle/empörst du dich in der Matronen Glieder/so sei die Keuschheit der entflammten Jugend/wie Wachs und schmelz' in ihrem Feuer hin!«, schrie es über die morschen Bretter hinweg und bohrte in Senneisers Schläfen, der trotz seiner Erkältung eine zweite, eine dritte, nein, eine vierte Vorstellung durchhielt, dann war er wieder beim Intendanten.

7

Die Sache war ernst. Senneiser saß wie das letzte Mal auf einem Drehstuhl, zog seinen Mantel nicht aus, hatte den Schal unter dem Kinn fest verknotet, die Augen, die er sich ständig rieb, waren entzündet, und das Fieber, dies war unübersehbar, hatte sich verstärkt. Er hatte allen Grund, sich Sorgen zu machen. Er redete, wobei er müde mit den Händen gestikulierte. Dies ging eine Weile, dann sah Senneiser durch die große Scheibe ins Freie hinaus, sah einen blassblauen, wolkenlosen Himmel und wie über die Silhouette der Stadt hinweg von Norden nach Südosten ein Schwarm Krähen unterwegs war, der irgendwann kehrtmachte und nun in entgegengesetzter Richtung, also von Südosten nach Norden, träge dahinflog.

Der Intendant, der Senneiser gegenübersaß und also die Fensterfront in seinem Rücken hatte, goss sich aus einer Thermoskanne mit ruhigen Bewegungen Kaffee ein. Er schwieg, tat so, als hätte er unendlich viel Zeit oder als hätte man alles, was wichtig war und um dessentwegen Senneiser dieses Büro betreten hatte, ausgiebig besprochen. Und es war ja nichts weiter, als dass Senneiser darum gebeten hatte, die Vorstellung des »Hamlet« wenigstens für eine Woche, ja, warum nicht, auszusetzen, und dass der Intendant erklärt hatte, wie unmöglich dies sei, und da Senneiser auch das Angebot, die Rolle umzubesetzen, abgelehnt hatte, war man übereingekommen, alles so zu lassen, wie es war.

Hatte der Intendant Senneiser eine Tasse Kaffee angeboten? Ja, doch. Sie stand aber unberührt auf der äußersten Kante des Schreibtischs, und nachdem Senneiser sich wieder verabschiedet hatte, er ging, statt den Fahrstuhl zu benutzen, über die vier Treppen ins Parterre hinunter, war er noch versucht, sich umzudrehen, um herauszufinden, wer da grußlos an ihm vorbeigegangen war. Er bemühte sich, die fünf, sechs Minuten durchzuhalten, die nötig waren, um auf das Taxi zu warten, und als er in der Grolmanstraße war und die Tür zu seiner Wohnung aufgeschlossen hatte, ging er zum Telefon, um seinen Freund anzurufen.

Er wollte sich entschuldigen, wollte sagen, wie albern es gewesen sei, sich neulich wegen einer Lappalie in dem Restaurant nahe der Reinhardtstraße zu streiten. Auch wollte er sagen, dass es ihm leidtäte, immer so wenig Zeit zu haben. Aber so sei es nun einmal beim Theater: Man müsse Abend für Abend an der Rampe stehen, und nachts könne man nicht schlafen, besonders dann, wenn man ein gewisses Lachen nicht mehr loswerden könne, ja, ein Lachen, das es ihm, ob gespielt oder nicht, unmöglich machen würde, auf den Zustand des Todes ernsthaft einzugehen. Dies und anderes mehr wollte Senneiser seinem Freund, nachdem er den Telefonhörer abgenommen hatte, sagen, aber er spürte, wie ihm die Knie zitterten.

Er hustete und hustete, musste sich setzen, und ob Senneiser, der eine Stunde später auf dem Sofa lag, die Kraft gehabt hatte, sich das Fertiggericht, das er im Kühlschrank bereitgestellt hatte, aufzuwärmen, war nicht mit Sicherheit zu sagen. In der Küche stand kein Geschirr, das man hätte abwaschen müssen, und auch die Flasche mit dem Wasser hatte er nicht angerührt. Aber gegen fünf Uhr, oder war es halb sechs, war das Sofa wieder leer, und man hörte, wie fast immer um diese Zeit, die Wohnungstür klappen, und auf dem Tisch neben dem Sofa lag eine Schachtel mit Tabletten, die zur Hälfte aufgebraucht war.

Und nun können wir nur hoffen, dass der geschwächte, alte Mann nicht so leichtsinnig gewesen ist, seine Kräfte zu überschätzen, und dass er

nicht, nachdem er den Besuch beim Arzt abgebrochen hatte, wieder in dem Taxi saß, um sich
ins Theater am Schiffbauerdamm fahren zu lassen.

8

Der Schiffbauerdamm ist in Berlin über die Maßen berühmt.

Er folgt jenem s-förmigen Bogen der Spree, der sich vom Berliner Dom bis zum Humboldthafen hinzieht. Im Westen endet er am Kupfergraben, im Osten an der Weidendammer Brücke, und zwischen Albrecht- und Friedrichstraße steht, etwas nach Norden hin versetzt, ein Theater, dessen äußere Fassade abweisend und schmucklos wirkt und als hätte man, wo früher Verzierungen gewesen waren, alles eingeebnet und verputzt. Ein viereckiger, nach oben hin schmaler werdender Turm verstärkt den Anblick befremdlicher Kahlheit. Auch die Kassenhalle wirkt nüchtern, ebenso der Rundgang, über den man die Türen zum Parkett erreicht, aber wenn man den Zuschauerraum betritt, erschrickt man beinahe über den Aufwand an wilhelminischem Plunder an der Decke und den Portalen.

›Wie‹, denkt man, ›kann man inmitten dieses verstaubten und hoffnungslos überladenen Interieurs heute noch Theater spielen!‹

Der Eindruck trügt. In diesem Raum war die künstlerische Avantgarde des sozialistischen Zeitalters untergebracht, und auch jetzt, nachdem dies vergangen war, bemühte man sich, unter einem alternden, aber immer noch jung wirkenden Intendanten ebendiese Tradition fortzusetzen. Unerbittlich und mit dem Eifer politischer Absichten wird immer noch geplant und geprobt, irgendwann hebt sich der Vorhang zu einer Premiere, dann wirkt der Zuschauerraum überfüllt, und nach dem letzten Klingelzeichen, nachdem man die Türen geschlossen hat, warten selbst die Garderobenfrauen, die mit Mänteln und Schirmen beschäftigt sind, auf den ersten Beifall.

Solch ein Abend, besonders wenn er erfolgreich verläuft, dauert in der Regel drei bis vier Stunden, und man muss lange warten, bis die letzten Besucher den Eingang vor der Kassenhalle verlassen haben. In der Kantine wird unter Umständen noch bis nach Mitternacht gefeiert, aber spätestens danach ist das Licht im Theater erloschen. Alles ist dämmrig und still. Der Rundgang erhält einen spärlichen Schein von der Notbeleuchtung über den Treppen, und eine Stunde später, wenn nicht einmal mehr der Pförtner hinter seiner Glasscheibe sitzt oder der

Wachmann in regelmäßigen Abständen die Türen auf- und wieder zuschließt, eine Stunde später kann es vorkommen, dass ein Schauspieler von der rechten Seite her auf die Bühne tritt, sich verbeugt und, obwohl alle Stuhlreihen leer sind, zu reden beginnt. Er scheint sich zu beschweren, und für einen Schauspieler gibt es immer Grund, unzufrieden zu sein.

Oder war ihm etwas Unwiderrufliches passiert? Etwas, worüber hinweggelacht worden war und was er in Wien leichter hätte ertragen können als in dieser Stadt.

Vielleicht. Dies würde jedenfalls erklären, warum es ihm gelang, nachts und in aller Heimlichkeit an die Rampe zu treten, hinter der es, abgesehen von dem Licht der Notbeleuchtung, vollkommen dunkel war, und mitunter waren auch die roten Punkte hinter den schmalen Glaskästen, die über den Eingängen angebracht waren, erloschen, und da der Zuschauerraum samt Bühne fensterlos war, brauchte es eine Zeit, ehe der Schauspieler, falls er immer noch gute Augen hatte, einige der Unterschiede um sich herum wahrnahm. Da war der helle Stoff der Bestuhlung, der sich von dem Teppichboden abhob, aber natürlich viel zu schwach, um irgendwelche Konturen geltend zu machen, und das Oval, das das Parkett und darüber hinaus den ganzen Raum über die Logen hinweg bis zur stucküberladenen Decke umschloss, das Oval war zwar spürbar, wirkte aber gleichzeitig in seiner lichtlosen Ununterschiedenheit wie nicht vorhanden.

*Bitte beachten Sie
auch die folgenden Seiten*

Hartmut Lange
im Diogenes Verlag

Die Waldsteinsonate
Fünf Novellen

Novellen, die vom Zustand jener Unglücklichen erzählen, denen das Bewusstsein ein besonderes Verhängnis war. Novellen über Friedrich Nietzsche, die Goebbels-Kinder, Heinrich von Kleist und Henriette Vogel, den Nihilisten Alfred Seidel und über eine Jüdin und einen SS-Mann, ihren Mörder.

Die Selbstverbrennung
Roman

Die Nachricht von der unfasslichen Tat eines Pfarrers, der sich während eines Gottesdienstes selbst verbrannt hat, zieht die beiden Hauptpersonen des Romans auf unterschiedliche Weise in ihren Bann. Sempert, der in einem kleinen Dorf an der Elbe Ruhe sucht, um ein Traktat zu schreiben, und Koldehoff, der Pfarrer dieser Gemeinde, der mit dem Gedanken kokettiert, es dem Unglücklichen gleichzutun. Dass Koldehoffs Tochter und Sempert sich ineinander verlieben, bestärkt diesen noch in seiner kritischer werdenden Haltung gegenüber dem lebensfeindlichen Vernunftsdenken... bis ein anderes Ereignis Sempert und Pfarrer Koldehoff wieder auf ganz verschiedene Weise betrifft und betroffen macht.

Das Konzert
Novelle

»Im Salon der Frau Altenschul treffen sich seltsame Gäste: Es ist die jüdische Crème Berlins – und sie sind ausnahmslos tot, von den Nazis umgebracht. Ihre postumen Zusammenkünfte dienen dazu, inmitten schöner Dinge diesen gewaltsamen Tod, das hässliche Ende im Massengrab zu vergessen. Doch auch die Mörder zieht es dahin; draußen vor der Tür warten sie auf Sühne. Ein rührender Gedanke, umso mehr, als Erlösung für beide von der Musik kommen soll: Der junge Pianist Lewanski ist dazu ausersehen. Ein erstaunliches philosophisches Märchen, eine Kunst-Parabel um Schuld, Sühne und deren beider Überwindung: ein kleiner großer Wurf.« *Badische Zeitung, Freiburg*

Tagebuch eines Melancholikers
Aufzeichnungen der Monate
Dezember 1981 bis November 1982

»In diesen Aufzeichnungen von 1981/82 präsentiert sich Hartmut Lange als ein nachdenklich betrübter Deutscher, der im Blick auf Nietzsche, Schopenhauer, auf Alteuropas Bildungswelt die heutige karge Szenerie des ›Geisteslebens‹ besieht. Ein Mann denkt über deutsche Krisen heute nach. Sehr verhalten besonnen, ein Melancholiker mit Maß.«
Friedrich Heer / Die Furche, Wien

Die Ermüdung
Novelle

Alles fängt mit dem rätselhaften Tod seines Freundes Achternach an. Merten beschließt, dessen Witwe Gerda und ihren alten Vater in Berlin aufzusuchen. Das Wiedersehen weckt Erinnerungen: Gerda ist seine alte Jugendliebe. Merten bemüht sich zwar, die Witwe von ihrer Trauer abzulenken, doch insgeheim möchte er nur eines – seine Gerda wieder für sich gewinnen. Doch sie hält ihn mit ihrem seltsamen Verhalten auf Distanz. Sonderbare Dinge spielen sich ab. Gerda führt Selbstgespräche und entwickelt wahnhafte Ideen. Merten spürt, wie die bedrückende Atmosphäre des Hauses ihn langsam umschlingt. Rechtzeitig gelingt ihm der Absprung.

Vom Werden der Vernunft
und andere Stücke fürs Theater

Die Dramen dokumentieren einen doppelten Abschied: Ausgehend vom Hegelschen Rationalismus und Karl Marx' Sozialutopie, enden sie in der Melancholie über das Verschwinden jeder Vernunft und beschwören die Erinnerung an jene Gesellschaft, deren erklärter Gegner Lange war: an den märkischen Adel und an das Spätbürgertum.

»Lange ist fähig, Gedanken zu kritisieren, ohne dabei den Menschen, der sie äußert, zu verurteilen – es ist die kostbare Fähigkeit der Komödienschreiber.«
Georg Hensel /Frankfurter Allgemeine Zeitung

Die Wattwanderung
Novelle

Völlenklee, ein Buchhändler aus Berlin, versucht hartnäckig, seine Idee, eine Wattwanderung zu unternehmen, in die Tat umzusetzen.

»Mit der *Wattwanderung* hat Hartmut Lange sich eine Glaubenskrise von der Seele geschrieben und ein Zeitgefühl erfasst. Er traut Welterklärungsmodellen nicht mehr. Mit seiner spröden, den Vorbildern Kleist und Büchner folgenden Sprache hält Lange seinen Weltschmerzensmann in kühler Distanz; keine neue Weinerlichkeit kommt auf, eine ungerührte Vivisektion findet statt, ›erbarmungslos‹ wie die Weite des Watts, in der sich Völlenklee schließlich verliert.«
Der Spiegel, Hamburg

Die Reise nach Triest
Novelle

Die Reise nach Triest ist nach *Die Ermüdung* und *Die Wattwanderung* der Schlusspunkt der Berliner Novellen-Trilogie.

»Ein spannendes Buch mit großer psychologischer Intuition, erzählt in einer knappen, fast lakonischen Sprache, die ohne jedes Pathos auskommt.«
Rheinische Post, Düsseldorf

Die Stechpalme
Novelle

Manfred Eichbaum, Verleger von Kunst- und Fotobänden, erhält anonyme Briefe. Der Verfasser kennt sich sehr gut aus in Eichbaums Leben, privat wie beruflich. Eichbaum, der seit fast einem Jahr an einem gebrochenen Schienbein laboriert, wird zunehmend verunsichert. Wer steckt hinter diesen Briefen?

»In unserer Literatur spielt auf dem Instrument der Novellenkunst heute keiner so meisterlich wie Hartmut Lange.«
Walter Hinck /Frankfurter Allgemeine Zeitung

Schnitzlers Würgeengel
Vier Novellen

Vier Novellen von sprachlicher Eindringlichkeit und Dichte: Herr Semmering · Schnitzlers Würgeengel · Die Mauer im Hof · Der Himmel über Golgatha. Verbunden sind diese Novellen durch ein ihnen voranstehendes Motto Martin Heideggers: »In der Unheimlichkeit steht das Dasein ursprünglich mit sich selbst zusammen.«

Der Herr im Café
Drei Erzählungen

Ein Schriftsteller, eine Schauspielerin und eine Sängerin sind die Hauptfiguren dieser drei Erzählungen, in denen Lange sich wie in allen seinen Texten einen Schritt außerhalb des gewohnten Raumes und der gewohnten Zeit bewegt – jenen Schritt außerhalb, der ihn zum hellwachen Beobachter des Alltäglichen wie des Geheimnisvollen macht.

»Die Erinnerung an das verblichene Genre der Künstlernovelle spukt durch die drei neuen Erzählungen von Hartmut Lange, deren Reiz darin liegt, dass sie den Anschein erwecken, sich nostalgisch dieser Erinnerung hinzugeben, während sie versteckt mit ihr spielen.«
Lothar Baier / Süddeutsche Zeitung, München

Eine andere Form des Glücks
Novelle

Kippenberger ist renommierter Statiker im Berlin der Gegenwart und arbeitslos. Doch nicht sein fehlender Job, sondern seine Freundin Corinna lässt seine Welt ins Wanken geraten. Wie kann es sein, dass sie von einer Minute auf die nächste plötzlich verschwindet? Was für eine eigenartige Form des Lebens führt sie, welches besondere Glück ist ihr beschieden? Auf subtile Art betreibt Lange ein rätselhaftes und tiefgründiges Spiel mit räumlichen und Erzählperspektiven.

Die Bildungsreise
Novelle

Müller-Lengsfeldt, Kunsterzieher aus Berlin, möchte im Dunstkreis von Johann Joachim Winckelmann das Alte Rom entdecken. Doch unbegreifliche Ereignisse stören den reinen Kunstgenuss. Und das Vorbild selbst, Winckelmann, entpuppt sich als widerspruchsvolle Gestalt mit einem rätselhaften Doppelleben. Was als beschauliche Bildungsreise begann, entwickelt zunehmend die Qualität eines metaphysischen Thrillers.

»Vielleicht ist das auch der Zauber von Langes Büchern: dass der Leser sanft hineingezogen wird in die Psyche anderer Menschen und sich gerade dort, im Fremden, unversehens mit sich selbst konfrontiert sieht.«
Susanne Schaber / Österreichischer Rundfunk, Wien

Das Streichquartett

Novelle

Eigentlich ist Schönbergs 4. Streichquartett Opus 37,
das Berghoff unermüdlich übt, nicht gerade geeignet,
seinen ohnehin angespannten Geisteszustand zu beruhigen. Ebensowenig wie die Tatsache, dass seine Frau
Elisabeth mit den Töchtern zu einer Erholungsreise
aufgebrochen ist, die kein Ende nehmen will. Als dann
plötzlich – Traum eines jeden Geigers – eine wertvolle
Mittenwalder Geige in seiner verlassenen Wohnung
steht, nimmt ein Alptraum seinen Lauf.

»Mit staunenswertem Sinn für Spannung und kleinsten
Andeutungen lässt Hartmut Lange den Leser dieses
Rätselstücks im Ungewissen und spielt raffiniert mit
merkwürdigen Wendungen und der Erzählperspek-
tive.« *Der Spiegel, Hamburg*

»Ein packend konstruierter Thriller, in dem die Macht
der Musik im Mittelpunkt steht.«
buch aktuell, Dortmund

Irrtum als Erkenntnis

Meine Realitätserfahrung
als Schriftsteller

Irrtum als Erkenntnis – eine intellektuelle Autobio-
graphie, die sich mit den prägenden Ideologien und
Glaubensfragen des 20. Jahrhunderts auseinandersetzt.
Teil I beschreibt den Bildungsweg eines Außenseiters
in der DDR, Teil II versammelt Essays und Aphoris-
men von kristalliner Schönheit und Gedankenschärfe.
Teil III umfasst drei Vorträge, die im Wesentlichen um
Sinn und Aufgabe von Kunst und Wissenschaft heute
kreisen.

»Wenn Vollendung nicht mehr von der Geschichte zu
erwarten ist, rettet sie sich in die Kunst. Darum sucht
Hartmut Lange vollendete Sätze und Texte zu schrei-

ben: jeder Satz schlicht und präzis, konzentriert aufs Nötigste, mit Meisterschaft des Weglassens, von äußerster Intensität und wie eingebrannt in seinen Kontext.«
Odo Marquard/Frankfurter Allgemeine Zeitung

»Literatur gegen den Lärm des Zeitgeistes.«
Hans Jansen/Westdeutsche Allgemeine Zeitung, Essen

Gesammelte Novellen
in zwei Bänden

»Es bedarf in allen Novellen Hartmut Langes nur einer kleinen, unerhörten Begebenheit, und die sorgfältig berechnete Statik des engen bürgerlichen Lebens gerät aus dem Lot. Lange liefert ein Höchstmaß an literarischem Realismus und durchsetzt ihn mit rätselhaften Ereignissen, die wie kleine Drehungen an der Schraube dafür sorgen, dass seine Geschichten eine Spur gegen die Wirklichkeit versetzt werden.«
Elmar Krekeler/Die Welt, Berlin

»Einer der erstaunlichsten deutschen Schriftsteller.«
Andreas Nentwich/Die Zeit, Hamburg

Leptis Magna
Zwei Novellen

Zwei meisterhafte Novellen über Krisen und Lebenslügen, über die Balance zwischen Bodenhaftung und Selbstverlust, über Bindungsängste und den Sog der Selbstauflösung. Novellen von irritierender Schönheit und von geradezu metaphysischer Transparenz.

»*Leptis Magna* ist ein verschwörerisches Buch. Eines, das von Revolten berichtet, vom Aufstand – gegen sich selbst. Die Kipp-Punkte, denen Hartmut Langes Novellen durch dramaturgische Steigerung zustürzen, verursachen ein Hochdruck-Leseerlebnis. Ein meisterliches Buch.« *Silvia Hess/Buchkultur, Wien*

Der Wanderer

Novelle

Es ist mehr als nur eine Schaffenskrise, was den erfolgreichen Schriftsteller Matthias Bamberg aus dem Berliner Alltag in die verwirrende Welt Kapstadts aufbrechen lässt. *Der Wanderer* ist die Geschichte einer Verstörung, in der sich die Realität zu verflüchtigen und die Welt der Erscheinungen zur Substanz zu verdichten beginnt – vom Autor in kunstvoll schwebender Balance gehalten.

»Glänzender Stilist, der er ist, hat Hartmut Lange ein kleines Meisterwerk über die Unsicherheit des Menschen geschrieben, dessen Not, heimatlos zu sein, zugleich sein unschätzbarer Reichtum ist: Alles ist möglich, eben auch die Unmöglichkeit.«
Lothar Schmidt-Mühlisch / General-Anzeiger, Bonn

Bernhard Schlink
im Diogenes Verlag

»Schwungvoll geschriebene, raffiniert gebaute Romane, in denen die politische Aktualität und die deutsche Vergangenheit präsent sind.«
Dorothee Nolte / Der Tagesspiegel, Berlin

»Bernhard Schlink gehört zu den Autoren, die sinnlich, intelligent und spannend erzählen können – eine Seltenheit in Deutschland.«
Dietmar Kanthak / General-Anzeiger, Bonn

»Bernhard Schlink gelingt das in der deutschen Literatur seltene Kunststück, so behutsam wie möglich, vor allem ohne moralische Bevormundung des Lesers, zu verfahren und dennoch durch die suggestive Präzision seiner Sprache ein Höchstmaß an Anschaulichkeit zu erreichen.« *Werner Fuld / Focus, München*

»Bernhard Schlink ist ein sehr intensiver Beobachter menschlicher Handlungen, seelischer Prozesse. Man liest. Und versteht.«
Wolfgang Kroener / Rhein-Zeitung, Koblenz

Die gordische Schleife
Roman

Selbs Betrug
Roman

Der Vorleser
Roman
Auch als Diogenes Hörbuch erschienen, gelesen von Hans Korte

Liebesfluchten
Geschichten
Die Geschichte *Der Seitensprung* auch als Diogenes Hörbuch erschienen, gelesen von Charles Brauer

Selbs Mord
Roman

Vergewisserungen
Über Politik, Recht, Schreiben und Glauben

Die Heimkehr
Roman
Auch als Diogenes Hörbuch erschienen, gelesen von Hans Korte

Vergangenheitsschuld
Beiträge zu einem deutschen Thema

Das Wochenende
Roman
Auch als Diogenes Hörbuch erschienen, gelesen von Hans Korte

Bernhard Schlink & Walter Popp
Selbs Justiz
Roman